FRANÇOIS RABELAIS.

FRANÇOIS RABELAIS

1483 – 1553.

PAR M. DELÉCLUZE

PARIS

IMPRIMERIE DE H. FOURNIER ET Cⁱᵉ,

RUE SAINT-BENOIT, 7

1841

FRANÇOIS RABELAIS.

1485 - 1555.

Rabelais est sans contredit l'un des plus habiles artisans parmi ceux qui ont travaillé à constituer et à perfectionner notre langue.

Entre les langues modernes de l'Europe, la française est celle dont l'usage a été le plus anciennement et le plus généralement répandu dans le monde civilisé.

La langue italienne ne prend que le second rang parmi celles dont l'influence a contribué à transmettre les différents genres de connaissances destinées à polir les nations.

L'espagnol vient ensuite. Ayant reçu l'impulsion littéraire de l'Italie, les grands écrivains de cette nation ne sont entrés que tard il est vrai dans le concert général des intelligences de l'Europe; mais, dès la fin du xve siècle, les explorateurs, les guerriers et les commerçants de cette nation, avaient fait connaître la civilisation européene sur les points les plus éloignés du globe, où ils portèrent aussi l'usage de leur langue.

Quant à l'anglais, son influence littéraire a été nulle pour l'Europe méridionale, c'est-à-dire en Italie, en Espagne et en France, jusqu'à la fin du xviie siècle ; et il n'y a guère plus de cinquante ans que les ouvrages écrits en allemand, sont suffisamment compris et goûtés par le reste de l'Europe, pour que les idées poétiques et philosophiques qui en émanent puissent être comptées au nombre de celles dont la combinaison influe sur la civilisation générale.

On le sent : il ne s'agit point ici de proclamer l'excellence relative ou absolue, de telle ou telle langue de l'Europe ; mais seulement de déterminer celui de ces idiômes modernes, que l'on parle et que l'on écrit depuis le plus de temps, celui qui a été adopté par le plus grand nombre de nations, la langue enfin dont l'esprit et l'usage ont dû, par le fait seul de leur durée, exercer une influence plus directe et plus constante sur la plupart des nations de l'Europe. Or évidemment c'est la langue française.

Son origine, ses vicissitudes, sa destinée, tout en elle est étrange. Dès le xie siècle, elle se compose déjà dans son ensemble des dialectes provençal, picard et normand, et à peu près à la même époque où les troubadours de la Catalogne et de la Provence voyaient leur langue volontairement acceptée par les diverses populations italiennes (1067), Guillaume le Conquérant imposait aux Anglais vaincus la langue normande. Les deux dialectes des troubadours et des trouvères, confondus d'abord, puis se combinant ensuite, furent bientôt connus, parlés même, en Sicile, à Jérusalem, à Chypre, à Antioche et à Constantinople, après les entreprises successives de Robert Guiscart, du comte Baudoin, de Godefroy de Bouillon, de Geoffroy de Villehardouin, et lorsque des flots de pèlerins partis d'Europe eurent traversé l'Asie mineure et pénétré jusqu'à la Terre-Sainte.

Plus tard, le français déjà ramené à une certaine unité, fut employé dans le pays de Naples, après que le frère de saint Louis, Charles d'Anjou, eut fait la conquête de ce royaume.

Vers le même temps, cet idiome était cultivé avec plus de soin encore, chez une des plus puissantes nations du Nord, chez ces Anglais auxquels le bâtard de Normandie avait donné sa langue. Là, le français était la langue de la loi, du gouvernement, de la cour et des poëtes. Vainement au milieu du xive siècle, le spirituel Chaucer jeta-t-il dans ses ingénieux écrits les fondements de la langue anglaise ; vainement le monarque régnant alors, Edouard III, exigea-t-il (en 1361) que l'on substituât l'usage de la langue vulgaire à celui du latin dans la rédaction des lois et des actes publics. L'idiome normand prévalut parmi la plupart des habitants de la Grande-Bretagne et l'on ne cessa pas de le parler à la cour d'Angleterre jusqu'après le règne de Henri VIII.

On aurait trop à faire, s'il fallait énumérer les causes et les preuves de cette extension prodigieuse de l'idiome français, pendant ces siècles déjà si loin du nôtre, dans ces temps où non seulement ce langage entretenait les relations journalières de plus d'un tiers des sujets des rois d'Angleterre, mais alors qu'en Italie même, en 1260, dans cette contrée en avance d'ailleurs de deux siècles sur toutes les autres nations de l'Europe, un savant tel que Brunetto Latini, le maître de Dante, écrivait son *Trésor* de préférence en français, parce que, disait-il alors, c'est la langue la plus parfaite, la plus agréable et la plus généralement comprise.

L'Université de Paris, si fameuse à cette époque par l'enseignement de la théologie et des autres sciences, concourut puissamment sans doute à l'extension de l'usage du français. C'était un centre où venaient se rendre les étrangers de toutes les parties de l'Europe, et dans ce foyer scientifique, outre les hautes connaissances que les étrangers pouvaient y acquérir, ils y puisaient encore celle de la langue française. Italiens, Espagnols, Anglais, Allemands, tous accouraient à Paris, comme l'attestent les colléges que ces différentes nations bâtirent en cette ville. On sait d'ailleurs que Roger Bacon, Dante, Pétrarque et Boccace l'ont fréquentée, et par plusieurs passages des écrits de ces hommes célèbres, il est facile de juger que la langue française ne leur était pas étrangère.

On peut s'assurer encore que le séjour de la cour pontificale à Avignon (de 1305 à 1370) ne fut pas sans influence sur la culture du français, et que le haut clergé italien, mis en contact par ses relations journalières avec les gens du pays qu'il habitait, dut nécessairement se familiariser avec une langue regardée encore en ce temps, en Europe, comme la plus élégante. Enfin cette universalité de la langue française jusqu'au xive siècle, si bien démontrée par l'histoire, semble plus fortement attestée peut-être par l'habitude qu'ont prise alors et que conservent encore de nos jours, les peuples d'Orient et d'Afrique, de désigner et de confondre tous les chrétiens occidentaux sous le titre générique de FRANCS.

Un jour que me promenant, je méditais sur ces idées dans l'intention de les mettre en ordre, mon regard fut attiré par des ouvriers qui tranchaient de la terre pour élargir un chemin creux. Un robuste et vénérable noyer s'élevait au-dessus de la berge entamée, de telle sorte que les énormes racines de l'arbre s'étendant d'un et d'autre côtés, on pouvait les voir à nu. Ce spectacle me frappa, car j'avais ignoré jusque-là que l'extension des racines de certains arbres égalât, dépassât même parfois celle de leurs branches ; et cette remarque, se combinant tout à coup avec mes idées, le vieil arbre dont je voyais à la fois les immenses racines, le tronc vigoureux et l'admirable feuillage, m'apparut comme une image de cet idiome français dont je m'efforçais de rechercher les origines, la constitution et le développement. Cette image, gravée dans mon esprit, ne cessa plus de se mêler aux réflexions dont je repris bientôt le cours.

Le provençal, le picard, le normand, cette foule de dialectes d'abord usités en France, puis pénétrant ensuite d'un côté jusqu'en Orient, de l'autre jusqu'en Angleterre, je les comparais aux racines. immenses et capricieuses que le hasard venait de me faire découvrir. A l'aide de cette figure, je me représentai avec plus de facilité toutes les racines de notre langue se réunissant en faisceau pour former le tronc qui, aspirant sans cesse une séve généreuse, l'élabore et l'épure pour augmenter sans cesse l'immense et riche feuillage dont il s'est couronné.

Quelque frivole que puisse paraître une image, il ne faut pas la repousser quand l'histoire en justifie le choix. Pendant le cours des XIIIe et XIVe siècles, il se développa dans la politique ainsi que dans la littérature de l'Italie et de l'Angleterre, des révolutions qui aboutirent à faire rejeter peu à peu par ces deux nations, l'usage qu'elles avaient fait jusque-là de la langue des Français. L'affranchissement des communes et l'introduction du gouvernement municipal dans la plus grande partie de la Lombardie et de la Toscane, précédèrent de peu de temps la naissance de Dante, qui créa et fixa presque du même coup la langue italienne. Florence donna alors un exemple que l'on s'empressa de suivre, et vers la fin du XIIIe siècle il fut décrété que tous les actes publics et notariés seraient rédigés en langue vulgaire. Par des motifs analogues, Édouard III, retournant victorieux en Angleterre après la bataille de Poitiers, consacra la haine que lui et son peuple portaient à la France, en obtenant du parlement assemblé à Westminster, la substitution de l'anglais au français dans les actes publics.

Or il est à remarquer que cette décision politique fut accompagnée dans la Grande-Bretagne ainsi qu'en Italie d'une révolution littéraire, car, ainsi que je l'ai dit, c'est sous le règne d'Édouard III que Geoffroy Chaucer a commencé à écrire avec élégance et pureté la langue anglaise que l'on parle aujourd'hui.

Les grandes migrations des *Francs* s'étant ralenties avec le zèle pour les croisades, et les deux révolutions politique et littéraire que je viens de signaler ayant produit leur effet, chaque nation de l'Europe commença à vouloir parler sa langue, à s'en faire une, et la France elle-même sentit instinctivement le besoin de ramener ses nombreux dialectes à une unité nationale. Le premier effort qui ait été tenté dans cette intention, le premier ouvrage écrit en véritable français, celui du moins dont la célébrité s'est perpétuée jusqu'à nous, est le *Romant de la Roze*, composé cinquante ans avant les poëmes de Dante, et un siècle avant que G. Chaucer le traduisît en anglais.

Ce poëme dont l'invention, la contexture et les détails n'a jamais présenté, si je ne me trompe, qu'une allégorie obscure et peu piquante, même aux hommes du siècle où il a été écrit, se recommande par le style, la qualité propre et distinctive des bons écrits français. La première partie de cet ouvrage, composée par Guillaume de Lorris, a cela de particulier que tout y est traité d'une manière grave et chaste ; tandis que la continuation du poëme, due à la plume de Jehan de Meung, dit Clopinel, plus vive, plus gaie, et même parfois grivoise, est naturellement plus variée, plus amusante. Dans la première partie, un lecteur studieux pourra y découvrir certains passages qui sont comme la semence qui devait produire la prose et les vers des écrivains graves du siècle de Louis XIV, mais dans la seconde on trouve déjà des phrases et des tours dont La Fontaine et Molière ont su profiter. Même encore aujourd'hui, l'étude de notre Ennius peut présenter des avantages à ceux qui cultivent l'art d'écrire ; on doit donc peu s'étonner de l'admiration qu'il excita en 1240, et du cas particulier qu'en firent longtemps encore après, les écrivains français du seizième siècle.

Mais lorsque Marot, en donnant une réimpression du *Roman de la Rose*, cherchait, de concert avec tous les auteurs ses contemporains, à ranimer le goût général en faveur de ce poëme déjà vieilli, la langue française était déjà décréditée chez les deux nations qui s'en étaient si longtemps servi. Vers le milieu du XIVe siècle, Pétrarque et Chaucer, qui peut-être s'étaient rencontrés en Italie, ruinaient, chacun de son côté et à sa manière, la gloire du *Roman de la Rose*. Dans son admiration pour cet ouvrage, le poëte d'Édouard III en fit cesser la lecture en Angleterre par la traduction anglaise qu'il en donna, et le chantre de Laure le critiqua ouvertement.

On lira sans doute avec curiosité le jugement sur ce livre que l'un des plus grands poëtes italiens a exprimé en vers latins dans une lettre adressée au duc de Mantoue, et dont voici la traduction :

A GUIDO DE GONZAGA,

DUC DE MANTOUE, SALUT.

Très-excellent duc,

Selon l'opinion commune, la langue latine surpasse toutes les autres, excepté la grecque ; et si l'on s'en rapporte à Cicéron, cette exception même ne sera pas admise.

La supériorité du latin vous sera encore démontrée par le petit livre que je vous adresse, livre que la France, si célèbre elle-même par son langage, porte aux nues et s'efforce de comparer aux plus excellents ouvrages.

L'auteur français (Jehan de Meung) raconte dans sa langue maternelle les songes qu'il a eus. Il dit tout ce que peuvent l'amour et la jalousie ; combien le cœur d'un adolescent est susceptible d'ardeur ; comment les vieilles se jouent des amoureux ; de quelle manière un amant devenu fou s'y prend pour obtenir l'objet de ses désirs. Enfin il énumère les peines, les chagrins qui naissent avec l'amour, les moments de calme qui succèdent aux agitations de l'âme ; et après avoir conseillé de ne pas céder trop facilement aux excès de la joie et de la douleur, il apprend qu'en amour, des larmes fréquentes diminuent encore la durée de joies toujours bien rares.

Peut-on rencontrer un sujet plus fertile, plus propre à inspirer un poëte? Cependant, quoique l'auteur en pleine veille nous raconte les songes qu'il a eus, on est tenté de croire qu'il dormait en composant.

Ah ! de quel autre ton le Mantouan votre concitoyen, peignit autrefois la passion de Didon se donnant la mort avec le fer ! Avec quelle autre vivacité de style parlait Catulle, votre poëte favori, ou bien le père des amours , cet Ovide , célèbre par ses vers tendres et qui a illustré le nom de Sulmone sa patrie.

Combien d'autres poëtes latins et italiens , de l'antiquité et de notre temps , je pourrais opposer à notre songeur ! mais je me tais.

J'espère que vous accepterez avec plaisir l'offre que je vous fais de mes œuvres en langue vulgaire , et de celles d'un étranger dont le volume est ce que l'on peut offrir de plus précieux en don, si la France et sa capitale ne se méprennent pas (1).

Tout à vous, et portez-vous bien.

PÉTRARQUE.

J'ai cité cette pièce, peu connue, pour prouver tout à la fois que la France avait une grande célébrité littéraire en Italie , puisque Pétrarque dit d'elle : *si célèbre par son langage* , mais aussi que le *Roman de la Rose* , considéré sous le rapport de la composition et des détails, lui paraissait inférieur non seulement aux poëmes érotiques de l'antiquité , mais encore à ce que l'Italie pouvait déjà opposer en ce genre.

Entre les auteurs du *Roman de la Rose* et Rabelais, le seul homme qui ait réellement apporté une amélioration sensible à la constitution de la langue française , est le poëte François Villon, car les chroniqueurs Froissart , Monstrelet et P. de Commines sont plus préoccupés de leur sujet que de leur style, disposition que je suis loin de blâmer, mais qui n'est pas celle dont je m'occupe en ce moment. Villon, d'ailleurs, n'a laissé qu'un recueil de poésies peu étendu, dont le ton léger et badin quand il n'est pas grossièrement obscène , n'a contribué en rien au développement de l'élocution grave et élevée dans la langue française. Son lot littéraire consiste à avoir perfectionné par son langage, la tradition du cynisme et de la gaieté impie de certains troubadours , et surtout des trouvères ses prédécesseurs, et de l'avoir léguée à ceux qui devaient la transmettre à tous nos auteurs grivois , jusqu'aux faiseurs de chansons et de vaudevilles. L'intelligence de Villon fut nouée , amoindrie , par ses habitudes crapuleuses , et son talent restreint par les entraves du genre ignoble auquel il s'est adonné. On étudie ses vers comme des monuments curieux de l'histoire de notre langue, mais il est impossible de prendre plaisir à les lire.

(1) Opera Fi. Petrarchæ ; Basileæ, 1581. Tom. III, pag. 114.

A ce sujet, il m'est impossible de passer outre sans faire observer que les principaux éléments qui constituent la poésie, l'importance et l'élévation du sujet, la vivacité des images et des peintures, et enfin la majesté et la variété de style, se trouvent beaucoup plus abondamment distribués dans les premiers prosateurs que dans les premiers poëtes français. Malgré le mérite incontestable que présentent les fabliaux, le *Roman du Renard*, le *Roman de la Rose*, et enfin les vers de F. Villon, il serait impossible d'y rencontrer même des passages courts, qui pussent donner une idée de l'intérêt, du sentiment élevé et du charme d'élocution grave et tout à la fois piquant, que fait éprouver la lecture de l'*Histoire de la Prise de Constantinople*, en 1204, écrite dans le temps, par Geoffroy de Villehardouin, qui prit part à ce grand fait d'armes. Quoique cette relation ne soit point écrite en vers, elle se rapproche bien plus, à mon sens, d'un ouvrage tel que la *Divine Comédie* de Dante par exemple, que le songe énigmatique, froid et maniéré de l'auteur du *Roman de la Rose*, où le surnaturel, le sublime et la réalité sont remplacés par des arguties qui n'élèvent pas plus l'esprit qu'elles ne s'emparent des sens.

Aucun poëte, depuis Guillaume de Lorris jusqu'au grand Corneille, n'a eu assez de force en lui pour secouer puissamment les imaginations sans craindre de puiser ses images dans la réalité. Au contraire, depuis Villehardouin jusqu'à Blaise Pascal, la France a toujours eu des prosateurs dont les récits et les réflexions nous intéressent, dont le style nous charme parfois encore. Il suffira même de présenter comparativement les noms de Villehardouin, du sire de Joinville, de Froissart, de Commines, de Monstrelet, de Rabelais, de la reine Marguerite, d'Amyot, de Bodin, et de Michel de Montaigne, avec ceux des poëtes Guillaume de Lorris, Jehan de Mehung, Villon, Marot et Ronsard, pour que chacun puisse juger à l'instant qu'en France les prosateurs ont pris une part bien plus grande dans l'élaboration et le perfectionnement de la langue que les poëtes, par cela seul qu'ils ont eu plus de solidité de jugement, et qu'ils ont plus scrupuleusement étudié la nature.

Ainsi la manière de Villehardouin est plus large, plus puissante et plus vraie que celle des auteurs du *Roman de la Rose*. Les écrits de Rabelais contenant toutes les idées de l'antiquité, du moyen-âge et de la renaissance, offrent une variété de tournures, des artifices et des ressources de langage que l'on chercherait en vain dans les poésies de Marot et de Ronsard, ses deux contemporains ;

et, enfin pour donner toute son importance à cette observation par un fait qui ne se manifesta qu'un siècle après, Pascal, à l'aurore de la grande époque littéraire de la France, était déjà notre plus grand prosateur, lorsque Corneille apparaissait.

A Dieu ne plaise que je veuille rabaisser le mérite et la gloire de nos grands écrivains en vers, puisque la vérité de ce que j'avance se trouve confirmée par leur disposition exceptionnelle à la poésie ; mais je pense que pour la connaissance de l'histoire littéraire de notre pays, ainsi que dans l'intérêt du goût, il n'est pas inutile de reconnaître ce fait important : qu'aux trois grandes phases de notre langue, au XIIIe siècle, au XVIe et au XVIIIe, ce sont des prosateurs qui ont donné l'impulsion la plus directe, la plus large et la plus forte à la langue française.

Malgré les ordures de toute espèce qui salissent les écrits de Rabelais, on est forcé de convenir que cet écrivain, prodigieusement habile, a constitué la langue française. Né à l'époque où il était déjà facile de profiter des connaissances léguées par l'antiquité païenne, et riche d'ailleurs de toutes les idées écloses dans le moyen-âge, cet homme singulier, qui possédait à la fois le grec, le latin, l'arabe, peut-être quelques langues de l'Europe, mais certainement tous les dialectes usités alors en France, devint, grâce au don naturel d'élocution qu'il avait reçu en naissant, le metteur en œuvre, si je puis dire ainsi, de tous les éléments hétérogènes dont notre idiome devait se composer. Rabelais s'appuyant sur la souche que forment les Villehardouin, les Guillaume de Lorris et les Villon, s'élève comme le tronc vigoureux d'où devait bientôt s'élancer cet immense dôme de branches et de verdure qui avait figuré à mes yeux la littérature des règnes de Louis XIII et de Louis XIV.

La vie de Rabelais a été peu et mal connue jusqu'ici. Personne n'avait essayé de remplacer la notice biographique placée en tête de ses œuvres, notice que Voltaire qualifiait, avec tant de raison, de fausse et d'absurde. Quoique les documents certains soient rares, et que l'on ne puisse se flatter de satisfaire complètement la curiosité du lecteur, il n'est pas impossible en élaguant ou détruisant toutes les allégations fausses relatives à cet homme singulier, de faire connaître quelques traits de son caractère et certains événements de sa vie imparfaitement présentés jusqu'à ce jour (1).

____

(1) C'est dans les *lettres* de G. Budé, ainsi que dans le *Traité des antiquités*

On pense que François Rabelais est né dans les dix dernières
années du xvᵉ siècle , car le premier embarras qu'éprouvent les
biographes de cet écrivain , est de donner la date de sa naissance
d'une manière précise. Quoi qu'il en soit, il vit le jour à Chinon ,
en Touraine. On n'a aucun détail sur ses parents ni sur sa famille,
et ce silence pourrait faire penser que ce fut la pauvreté qui le
força à entrer de très-bonne heure en religion, au couvent des
Cordeliers de la ville de Fontenay-le-Comte , en Bas-Poitou. Sans
que l'on sache rien de bien précis sur les occasions qui se présen-
tèrent pour lui dans ce couvent, d'étudier les langues classiques, il
est certain qu'il s'y rendit fort savant, puisque Guillaume Budé , le
fameux helléniste de ce temps, ami et admirateur de Rabelais, lui
a écrit en latin et en grec une lettre où il fait allusion à la science
grammaticale du jeune religieux son ami , et aux contrariétés et à
la jalousie que ce genre d'étude lui attirait de la part de ses frères
en religion : « Dans le cours de cette vie de passage et si turbu-
lente , dit le savant au jeune moine , rien n'apporte plus de calme
et de satisfaction à mon esprit que l'amour et le culte des muses.
Ta lettre, où tu montres une habileté singulière dans l'emploi des
deux langues (le latin et le grec), et qui m'a été si agréable en me
ramenant à mes habitudes et à mon goût, n'a pas laissé cependant
de me faire concevoir quelques soupçons fâcheux. Tu me marques
que tu te proposes de jouer quelque mauvais tour à ton ami Pierre,
franciscain comme toi , sous prétexte qu'il a abusé de ton impré-
voyance et de ta simplicité , ce qui fait que tu ne pourrais plus
avoir confiance en lui et que tu le considères comme un faux
ami…….. Prends-y garde ! Qu'y aurait-il de criminel dans les paroles de quelqu'un qui , convaincu de la justesse de ses reproches,
t'avertirait qu'il faut que tu sois un prêtre de mauvaise foi, toi
qui n'as pu continuer d'accorder ta confiance a un confrère, à un
ami, à un compagnon d'études? Hélas ! où est donc votre charité

de France d'André Duchesne, la *Bibliothèque* de La Croix-du-Maine , la *Proso-
pographie* de Verdier, et surtout le *Floretum philosophicum* d'Antoine Leroi ,
ouvrages indiqués dans l'édition de Rabelais donnée par le Duchat, que l'on
trouve les renseignements les plus curieux et les plus authentiques sur cet écrivain. Voici le titre de l'ouvrage d'Antoine Leroi , espèce de dictionnaire des
termes de philosophie , précédé d'une biograghie et d'éloges pompeux de F. Rabelais : « *Floretum philosophicum , seu ludus meudonianus in terminos totius
philosophiæ , auctore Antonio Leroi presbytero cenomanensi , elucubratum
Meudonii in musæo clarissimi Francisci Rabœlesi, ibidem aliquando Rectoris,
Doctoris medici et scriptoris notissimi. Parisiis , 1649.* »

sainte, liens des moines, soutien de la religion, ciment de cette
union sur laquelle vous tenez entre vous de si beaux discours ? Va !
tu n'as pas compté sur ton confrère, non que tu te défiasses de lui,
mais parce que tu n'es pas sûr de toi.... Divin François (d'Assises),
auteur et fondateur de cet ordre, où ta bonne-foi s'en est-elle
allée ? Est-il possible que des hommes soumis aux lois du cloître,
et à qui il n'est pas permis de garantir la sincérité de leurs paroles
par le plus simple jurement, fassent entre eux des conventions sans
aucune bonne foi, et se mettent en garde les uns à l'égard des
autres, au péril de leur réputation et de leur vie, comme agiraient
en pareil cas des gens profanes ? »

Malgré la manière vague dont s'exprime G. Budé, au sujet des
difficultés qui s'étaient élevées entre Rabelais et le religieux Pierre,
il est facile de s'apercevoir que le maître des requêtes de François Ier condamne la conduite de son ami. Ceux qui ont recueilli
avec le plus de soin les faits et les écrits qui se rapportent à la vie
de Rabelais prétendent que la querelle des deux moines vint de ce
que Pierre reprocha à Rabelais de s'adonner avec trop d'ardeur à
l'étude des langues anciennes et de la littérature profane ; on ajoute
que l'auteur futur de *Pantagruel* crut reconnaître dans les remon-
trances de son compagnon la preuve d'une basse jalousie qui, ca-
chée sous le voile du zèle religieux, lui attira des reproches et des
tracasseries des supérieurs du couvent des Cordeliers de Fontenay-
le-Comte.

Vers 1525, rebuté par les ennuis du cloître et séduit par la protection que lui promirent quelques personnes de qualité char-
mées de son esprit vif et de son humeur bouffonne, Rabelaisse
décida à quitter son couvent. Par l'entremise de ceux qui l'avaient
engagé à agir de la sorte, il obtint du pape Clément VII la permission de passer de l'ordre de Saint-François à celui de Saint-
Benoît, au monastère de Maillezais, en Poitou, où probablement
il commença la composition de son premier livre, intitulé *Gargantua*.

M. de Maillezais (Geoffroy d'Estissac), évêque et seigneur de
Maillezais, qui ne fut sans doute pas étranger à l'événement qui
vient d'être rapporté, prit Rabelais en affection dès qu'il fut à son
nouveau couvent, puis l'admit dans son intimité et le chargea
bientôt de plusieurs affaires importantes relatives à l'évêché. Mais
malgré les avantages et les agréments que cette position devait
procurer à Rabelais, la règle du cloître, à laquelle le désordonné

bénédictin était forcé de se soumettre, lui pesa tellement, qu'un beau jour, le moine Rabelais déposa l'habit régulier et, au grand scandale de l'Église, prit celui de prêtre séculier. Ainsi émancipé, il parcourut assez longtemps la France, et vint enfin se fixer à Montpellier, où il prit tous ses degrés à l'université de cette ville, et se mit à exercer et à enseigner la médecine, en 1531.

L'année suivante, il s'établit à Lyon, où il continua d'exercer sa double profession, et c'est de cette ville qu'il écrivit une lettre latine à l'évêque de Maillezais, dans laquelle il lui donne des détails curieux sur les travaux auxquels il s'était livré pendant son séjour à Montpellier. « Illustre évêque, lui écrit-il, lorsque l'année dernière j'expliquais à Montpellier, devant un nombreux auditoire, les aphorismes d'Hippocrate et ensuite l'art médical de Galien, je remarquai plusieurs passages des textes dont les interprétations ne me satisfaisaient pas complètement. Ayant comparé les différentes traductions avec un exemplaire grec fort ancien et très-élégamment écrit en lettres ioniques, je découvris que les traducteurs avaient omis beaucoup de passages, en avaient ajouté d'étrangers et de faux ; que quelques-uns n'étaient pas assez énergiquement rendus, et qu'enfin un grand nombre étaient bien plutôt détournés de leur sens que traduits. Si, en toute occasion, ces fautes sont blâmables, elles deviennent des crimes dans les livres des médecins, où le plus petit mot ajouté ou retranché, que dis-je? où le moindre accent placé devant ou derrière, peut faire donner la mort à des milliers d'hommes..... » (1)

Il faut rapporter à cette année 1532 la composition d'une petite pièce de vers latins faite par Etienne Dolet, à l'occasion des leçons

---

(1) Ceux de nos lecteurs qui entendent le latin ne seront sans doute pas fâchés de savoir comment Rabelais écrivait en cette langue. Voici le texte de ce fragment de lettre : « Clarissimo, Doctissimo viro D. Gotofredo ab Estissaco Malleacensi Episcopo, Franciscus Rabelæsus S. P. D. — Quum anno superiore Montepessuli aphorismos Hippocratis et deinceps Galeni artem medicam frequenti auditorio publicè enarrarem, (Antistes clarissimè) annotaveram loca aliquot in quibus interpretes mihi non admodum satisficiebant. Collatis enim eorum traductionibus cum exemplari grecanico, quod, præterea quæ vulgò circumferuntur, habebam vetustissimum, literisque ionicis elegantissimèque exaratum, comperi illos quàmplurima omisisse, quædam exotica et notha adjecisse, quædam minus expressisse, non pauca invertisse verius quàm vertisse. Id quod si usquàm alibi vitio vérti solet, est etiam in medicorum libris piaculare, in quibus vocula unica, vel addita vel expuncta, quia et apiculus inversus, aut preposterè adscriptus, multa hominum millia haud raro neci dedit, etc., etc. »

Lugduni, Idibus julii — 1532.

d'anatomie données à Lyon, par Rabelais, à l'aide du corps d'un malfaiteur pendu dans cette ville. C'est l'épithaphe du voleur mort, dans laquelle ses mânes se félicitent de jouir d'une gloire à laquelle le coupable n'aurait pu s'attendre, si il n'eût eu l'honneur d'être disséqué pour les leçons données par le célèbre médecin Rabelais (1).

Ces différents témoignages, ainsi que d'autres que je m'abstiens de rapporter, prouvent d'une manière évidente que Rabelais s'est livré sérieusement à l'art médical, sous le double point de vue scientifique et littéraire, et que sa réputation comme médecin était assez grande.

Il faut dire cependant que son nom devint tout à coup célèbre par la publication du premier livre de son roman de *Gargantua*, dont les premières éditions remontent à cette époque. L'originalité et la hardiesse de ce livre, les cours de médecine et d'anatomie que faisait l'auteur, et l'intarissable verve avec laquelle il paraît que Rabelais animait sa conversation, durent le faire remarquer dans une ville telle que Lyon était alors, fréquentée par les réfugiés de Florence la plupart lettrés, possédant l'imprimeur Gryphius chargé de mettre au jour les meilleurs livres toscans et toutes les nouveautés écrites en français et en latin. On ne peut douter que ces circonstances jointes aux idées de réformation religieuse déjà si répandues en France, n'aient dû imprimer un mouvement intellectuel très actif dans Lyon, la ville la plus littéraire du royaume à cette époque. Au milieu de cette colonie de lettrés et de savants, Rabelais avait double titre pour y tenir une place importante, et par une lettre latine qu'il adressait, toujours de Lyon, en 1532, à son ami André Tiraqueau, lieutenant général du bailliage de Fontenay-le-Comte, on s'aperçoit que le savant, le hardi penseur prenait le plus vif intérêt au développement des connaissances qui

---

(1) Le titre de cette pièce est : «Cujusdam Epitaphium, qui exemplo edito strangulatus, publico postea spectaculo Lugduni sectus est, Francisco Rabelæso medico doctissimo fabricam corporis interpretante. Voici les derniers vers qu'est censé dire le pendu :

> .....Totus ad extremum tumulor
> Honoribus circumfluoque ;
> Jam gloria quæ monstrum atrox voluit rapidis
> Corvis cibum esse, et flantibus
> Ludibrium ventis. Furat sors, jam furat:
> Honoribus circumfluo.

s’élaboraient de son temps. « Très savant Tiraqueau, écrit–il au magistrat poitevin, à qui il annonce la publication des lettres d’un certain médecin de Ferrare, dont il surveillait l’impression, comment se fait–il qu’au milieu de la lumière qui brille dans notre siècle et lorsque par un bienfait spécial des Dieux, nous voyons s’effectuer le retour des connaissances les plus utiles et les plus précieuses, il se trouve encore çà et là, des gens organisés de telle manière qu’ils ne veulent ou ne peuvent ôter leurs yeux de ce brouillard gothique et plus que cimmérien dont nous étions entourés, au lieu de les élever à la brillante clarté du soleil? »

Je suis loin d’être disposé à pallier les torts très réels que l’on impute à Rabelais. Cependant ce qui précède a dû faire juger déjà, que cet homme n’était point, comme on le pense généralement, un bouffon, un ivrogne de profession dont la vie s’est passée au milieu des orgies de toute espèce. Qu’il s’y plût quelquefois, il est permis de le croire ; mais un homme qui savait le grec et le latin de manière à ce que ces connaissances fussent dignes des louanges de Guillaume Budé ; qui s’est fait recevoir médecin à l’Université de Montpellier ; qui a exercé et professé la médecine et l’anatomie ; qui collationnait, corrigeait et traduisait les textes grecs d’Hippocrate et de Galien, et en outre de ces graves travaux, qui s’était montré habile aux affaires dans l’évêché de Maillezais et enfin avait écrit, par manière de passe-temps, les deux premiers livres de son *Pantagruel*, le tout à l’âge de trente-sept ou trentehuit ans, cet homme évidemment a dû passer une bonne partie de cette première époque de sa vie, livré aux études et aux méditations les plus graves.

En traitant de la vie de l’Arioste, j’ai fait observer combien l’élégante et aimable gaîté répandue dans son poëme d’*Orlando furioso*, semble s’accorder peu avec la vie privée, si embrouillée et si lourde que mena le poëte de Ferrare. A la différence près des caractères et des talents, on retrouve une disparate semblable entre la vie réelle de Rabelais et le roman qui l’a rendu si célèbre. En rappelant ce fait, je ne prétends nullement refuser au savant qui a écrit *Pantagruel*, une verve de gaîté qui s’exhalait dans la conversation souvent en bons mots et mêmes en basses bouffoneries, mais je pense qu’une gravité habituelle dans les pensées, ainsi que dans les études et les manières, peut très bien s’accorder dans la même personne, avec les saillies d’esprit les plus vives et les plus folles. Rien n’est moins rare que de voir des hommes de science ou d'affaires, des magistrats, les plus graves politiques même faire des chansons, dire des gaudrioles ou s'amuser à inventer des rebus et des calembourgs. La gaîté est une faculté dont l'exercice est également nécessaire à notre esprit et à notre corps ; aussi arrive-t-il qu'elle éclate avec d'autant plus de vivacité et de force qu'elle est habituellement et plus longtemps contenue.

Pendant les quatre années qui s'écoulèrent de 1532 à 1536, Rabelais continua selon toute apparence d'exercer la médecine à Lyon. Sa présence dans cette ville n'est d'ailleurs constatée que par les éditions qu'il y a données de deux ouvrages scientifiques, et du premier livre de *Gargantua*.

Vers la fin de 1532 il arriva à Rabelais, le farceur par excellence, de tomber dans un piége, ce qui fit rire à ses dépens. Dans l'ardeur que les savants mettaient alors à retrouver les moindres écrits de l'antiquité grecque ou latine, il arriva à plusieurs d'entre eux d'en fabriquer pour mettre leurs confrères à l'essai, et au besoin spéculer sur la curiosité publique. L'un d'entre eux, Pomponio Leto, bâtard de l'illustre famille napolitaine de Sanseverino, et célèbre par les ouvrages qu'il a publiés sur les lois et l'état de l'ancienne Rome, s'avisa de contrefaire en latin un *testament* et *contrat de vente* qu'il donna pour antiques. Rabelais, tout mauvais plaisant qu'il fût parfois, prenait cependant aussi les choses au sérieux et même avec enthousiasme en certaines occasions. Ce qui le prouve, c'est qu'il n'eut rien de plus pressé que de faire imprimer à Lyon ces *précieux restes de la vénérable antiquité*, par le fameux Gryphius (1).

En 1534 il se fit encore éditeur et confia au même imprimeur *une topographie de Rome antique*, écrite en latin par B. Martiano de Milan ; enfin il fit réimprimer à Lyon, par F. Juste, le premier livre de son roman avec ce titre : « *La vie inestimable du grant Gargantua, père de Pantagruel, jadis composée par l'abstracteur de quinte essence, livre plein de pantagruelisme.* Lyon, François Juste, in-16, 1535. »

Le moine Rabelais, échappé de son couvent, exerçait donc la profession de médecin et de savant ouvertement et dans les prin-

(1) Voici le titre de ce petit livre : «Ex reliquiis venerandœ Antiquitatis, Lucii Cuspidii Testamentum ; *Item*, Contractus venditionis antiquis Romanorum temporibus initus. » Lugd. Gryph., 1532, in-8º.

cipales villes de France. Cette circonstance prouve qu'alors la discipline ecclésiastique était bien relâchée dans notre pays, et de plus que Rabelais avait dans le clergé des protecteurs fort puissants. En effet, outre l'évêque de Maillezais, qui l'avait aidé à changer de couvent, qui en avait fait son homme d'affaires et le commensal indispensable pour entretenir la joie et la bonne humeur dans sa maison, un personnage plus important encore, le cardinal Dubellay avait pris Rabelais en affection.

Jean Dubellay (né en 1492, mort en 1560) était un lettré fort savant, lié d'amitié avec Guillaume de Budé et la plupart des hommes qui ont travaillé à la renaissance des lettres à cette époque. L'un de ses frères, Joachim Dubellay, fit des vers français agréables ; et l'aîné de cette famille, Guillaume, seigneur de Langey, se distingua tout à la fois comme capitaine dans les armées de François Ier et comme historien. En 1532, Jean Dubellay fut nommé évêque de Paris, et quatre ans plus tard, 1535, reçut le chapeau de cardinal de Paul III. Si l'on peut s'en rapporter à Brantôme, Dubellay, étant évêque et cardinal, aurait épousé Blanche de Tournon, veuve de Jacques de Coligny, l'oncle de l'amiral. Je reproduis cette anecdote, parce qu'elle est encore citée par Amelot de La Houssaye dans ses mémoires historiques, et qu'il faut avouer que l'attachement et la confiance que le cardinal avait en Rabelais, moine défroqué, prêtre impie, et le plus incrédule des hommes, prêtent quelque vraisemblance à ce fait, peu rare d'ailleurs en ce temps.

Quoi qu'il en soit, J. Dubellay, outre ses connaissances littéraires, possédait encore le talent de conduire avec une rare habileté les relations diplomatiques. Le roi François Ier l'employa souvent dans les affaires les plus importantes, et particulièrement en 1533, lorsque la conduite de Henri VIII fit craindre, ce qui ne tarda pas d'arriver, que le schisme n'éclatât en Angleterre. Dubellay fut envoyé près de ce monarque qu'il porta à un accommodement; puis ne faisant que repasser par la cour de France, il se rendit en toute hâte à Rome pour calmer la colère du pape Clément VII, et empêcher la promulgation de la bulle d'excommunication contre le prince anglais. Mais malgré la promptitude de son voyage et ses instances réitérées auprès du pontife pour retenir les effets de son courroux, l'excommunication fut lancée. Les lettres de soumission de Henri VIII n'arrivèrent que trois jours après, et ce fut peut-être à ce retard de soixante-et-douze heures que le

Saint-Siége dut la perte de son pouvoir spirituel sur la Grande-Bretagne.

Le cardinal Dubellay fut encore choisi par le roi François Ier, en 1536, pour le représenter en qualité d'ambassadeur à la cour de Rome, auprès de Paul III. Près de partir pour la ville sainte, le prélat retrouva Rabelais à Paris et l'engagea à le suivre en qualité de médecin, mais plus probablement encore dans l'intention d'avoir près de lui un homme dont la conversation lui était agréable, et qui d'ailleurs avait acquis l'habitude des affaires près de l'évêque de Maillezais.

Il nous reste seize lettres de Rabelais, écrites pendant son séjour à Rome près du cardinal, et ces seize lettres sont adressées à l'évêque de Maillezais. Tous ceux qui ont niaisement copié la vie mise en tête des anciennes éditions de Rabelais ne manquent pas de rapporter une grossière impertinence qu'il aurait dite au pape lorsqu'il se présenta devant lui, à la suite de son maître le cardinal Dubellay. Il n'y a rien d'invraisemblable à ce que l'auteur de *Pantagruel* ait fait la mauvaise plaisanterie qu'on lui attribue, mais on ne peut se prêter à croire qu'il l'ait dite en présence du pontife même. Rabelais a mis assez d'ordures dans son roman pour qu'on ne s'évertue pas à le rendre plus impertinent encore qu'il n'était, et il est plus à propos et plus utile de rechercher ce qu'il pouvait y avoir de raisonnable, de grave et même de digne dans un homme doué d'un esprit si pénétrant et d'un talent si remarquable, que de s'obstiner à le présenter comme un bouffon de profession. Ce qui a déjà été dit de lui prouve que, soit par le maniement d'affaires à Maillezais, soit en raison des études si variées et si profondes qu'il avait faites des langues classiques, de l'anatomie et de la médecine, Rabelais a dû être beaucoup plus souvent grave que bouffon en sa vie. Ses travaux sur Hippocrate et Galien, dont on ne s'occupe guère aujourd'hui, lui ont pris infiniment plus de temps que la compositiou des deux volumes de *Gargantua* et de *Pantagruel*, fruits de ses loisirs, bagatelles qui s'échappèrent de sa plume à d'assez longs intervalles, et dont il faut répartir la rédaction sur trente années de sa vie au moins.

Grâce à ces curieuses lettres, nous allons retrouver le Rabelais vraisemblable, véritable, que l'on a défiguré jusqu'à ce jour. « Monseigneur, marquait-il à l'évêque de Maillezais, je vous escrivis du vingt-neufviesme jour de novembre bien amplement, et vous envoyai des graines de Naples pour vos salades, de toutes les sortes que l'on mange par deçà, excepté de pimpernelle, de laquelle pour lors je ne pus recouvrir. Je vous en envoye présentement, non en grande quantité, car pour une fois je n'en peus davantage charger le courrier. »

Après s'être montré attentif à satisfaire le goût que son ancien protecteur avait pour les plantes et les fleurs, il parle de ses propres affaires, et de certaines démarches qu'il faisait auprès de la cour de Rome sur lesquelles je reviendrai bientôt, puis il en arrive aux nouvelles politiques du jour.

« Je crois, dit-il, que je ne m'en irai pas d'ici (Rome) que l'empereur (Charles-Quint) ne s'en aille. Il est à présent à Naples, et en partira selon qu'il a été écrit au pape, le sixième de janvier. Jà toute la ville est pleine d'Espagnols : et a envoyé par devers le pape un ambassadeur exprès, outre le sien ordinaire, pour l'avertir de sa venue. Le pape (Paul III) lui cède la moitié du palais (Vatican), et tout le bourg de Saint-Pierre pour ses gens; et fait apprester trois mille licts à la mode romaine, savoir est des matelats. Car la ville en est dépourvue depuis le sac des Lansquenets (en 1527), et (le pape) a fait provision de foing, de paille, d'avoine, spelte et orge, tant qu'il en a pu recouvrir; et de vin tout ce qu'en est arrivé à Ripe (port sur le Tibre à Rome). Je pense qu'il lui en coustera bon, dont il se passeroit bien en sa pauvreté où il est, qui est grande et apparente, plus qu'en pape qui fust depuis trois cents ans en çà.

« Les Romains n'ont encore conclu comment ils s'y doivent gouverner; et souvent a été faite assemblée de par le sénateur, conservateurs et gouverneurs. Mais ils ne peuvent accorder en opinions. L'empereur, par son dit ambassadeur, leur a dénoncé qu'il n'entend point que ses gens vivent à discrétion, c'est-à-dire sans payer, mais *à discrétion du pape,* qui est ce qui plus griefve le pape. Car il entend bien que par cette parole l'empereur veut voir comment et de quelle affection il traitera lui et ses gens. »

Rabelais parle ensuite des différends qui se sont élevés à Florence entre Alexandre des Médicis, que Charles-Quint avait fait duc et gouverneur de la république, et Philippe Strozzi, chef du parti populaire. Il annonce que le pape a envoyé plusieurs cardinaux à l'empereur, et ajoute :

« J'entends que c'est pour l'affaire de Florence et pour le différend qui est entre le duc Alexandre et Philippe Strozzy, duquel vouloit ledit duc confisquer les biens, qui ne sont petits, et Strozzy avoit mis gens en cette ville pour l'empoisonner ou tuer quoique ce soit. Averti (le duc), impetra du pape de porter armes. Et alloit ordinairement accompagné de trente soldats bien armés à point. Ledit duc de Florence, comme je pense, averti que ledit Strozzy, avec les susdits cardinaux, s'étoit retiré par devers l'empereur, et qu'il offroit audit empereur quatre cent mille ducats pour seulement commettre gens qui informassent sur la tyrannie et méchanceté dudit duc, Alexandre partit de Florence, constitua le cardinal Cybo son gouverneur et arriva en cette ville (Rome) le lendemain de Noël, sur les vingt-trois heures; il entra par la porte Saint-Pierre, accompagné de cinquante chevaux légers, armés en blanc et la lance au poing, et environ de cent arquebusiers. Le reste de son train étoit petit et mal en ordre. Et ne lui fut fait entrée quelconque, excepté que l'ambassadeur de l'empereur alla au-devant jusqu'à ladite porte. Entré qu'il fust, se transporta au palais et eut audience du pape qui dura peu, et fut logé au palais Saint-Georges. Le lendemain matin partit accompagné comme devant. »

Dans la huitième lettre, Rabelais revient aux affaires relatives à Florence et à Charles-Quint.

« Les cardinaux ont tant fait, écrit-il toujours à l'évêque de Maillezais, que ledit empereur a remis sa venue à Rome jusqu'à la fin de février. Si j'avois autant d'escus comme le pape voudroit donner de jours de pardon à quiconque la remettroit jusqu'en cinq ou six ans d'ici, je serois plus riche que Jacques Cœur ne fust oncques (jamais).

« On a commencé en cette ville gros apparat pour le recevoir; et l'on a fait, par le commandement du pape, un chemin nouveau par lequel il doit entrer. Sçavoir est de la porte Saint-Sébastien, tirant au Champ-Doly (Campidolio), passant par Templum Pacis et l'Amphithéâtre; et le fait on passer sous les arcs antiques triompaux de Constantin, de Vespasian et Titus, de Numetianus et autres. Puis à costés du palais Saint-Marc (Palais de Venise), et delà par Camp-de-Flour (Campo-di-Fiori) et devant le palais Farnèse, où souloit (avoit coutume de) demeurer le pape, puis par les Banques (Banchi) et dessous le château Saint-Ange. Pour lequel chemin dresser et égasler, on a démoly et abattu plus de deux cent maisons et trois ou quatre églises ras terre; ce que plusieurs interprètent en mauvais présage. Le jour de la Conversion de saint Paul, notre Saint-Père alla ouïr la messe à Saint-Paul (hors les murs), et fit banquet à tous les cardiuaux. Après disner retourna passant par le chemin susdict et logea au palais Saint George. Mais c'est pitié de voir la ruine des maisons qui ont été démolies; et il n'est fait payement ni récompense aucune ès seigneurs d'icelles. »

La plupart des lecteurs seront vraisemblablement étonnés du ton ferme sans doute, mais reservé, avec lequel Rabelais parle confidentiellement à un ami de l'avarice cruelle de Charles-Quint, de la pauvreté du pape et des extorsions que cette pauvreté lui faisait commettre envers les habitants de Rome; on va voir maintenant quel est son style en donnant des nouvelles de la guerre. Il s'adresse toujours à M. de Maillezais :

« Monseigneur, par le dernier paquet que vous avois envoyé, je vous avertissois comment quelque partie de l'armée du Turc avoit été deffaite par le Sophy auprès de Betelis. Ledit Turc n'a guère tardé d'avoir sa revanche. Car deux mois après il a courru sus ledit Sophy, en la plus extrême furie qu'on vit oncques : et après avoir mis à feu et à sang un grand pays de Mésopotamie, a rechassé ledit Sophy par delà la montagne du Taurus. Maintenant fait faire force galères sur le fleuve Tanaïs, par lequel pourront descendre en Constantinople. Barberousse n'est encore parti dudit Constantinople pour tenir le pays en sûreté, et a laissé quelques garnisons à Bona et Algiery, si d'aventure l'empereur (Charles-Quint) le vouloit assaillir. Je vous envoye son portrait (de Barberousse) tiré sur le vif, et aussi l'assiette (le plan) de Tunis et des villes maritimes d'environ. »

Dans une lettre suivante où il est question du duc de Ferrare, Hercule II, auquel le pape, Paul III, demandait une somme énorme pour le reconnaître en possession d'une partie de ses états qui avait été ravie de vive force à son père, par Jules II et Léon X, il termine en disant :

« Le pape vouloit qu'il (le Duc) recognust entièrement tenir et posséder toutes les terres en féode, du siège apostolique, ce que l'autre ne voulut. Et n'en vouloit reconnoître si non ce que son feu père (Alphonse) avoit reconnu, et ce que l'Empereur en avoit adjugé à Boloigne par arrest, du temps du feu pape Clément VII. Ainsi (le duc) départit *re infecta*, et s'en alla vers l'empereur lequel lui promit qu'à sa bien venue, il feroit bien consentir le pape et venir au point contenu en son dit arrest. Et qu'il se retirât en sa maison, lui laissant ambassade pour solliciter l'affaire quand il seroit par de çà ; et qu'il ne payât la somme jà convenue, sans qu'il fut de lui entièrement averti. La finesse est en ce que l'empereur, à faute d'argent et en cherche de tous costés , et taille (impose) tout le monde qu'il peut, et en emprunte de tous endroits. Lui étant ici arrivé , il en demandera au pape , c'est chose bien évidente. Car il lui remontrera : « qu'il a fait toutes ces guerres contre le turc Barberousse, pour mettre en sûreté l'Italie et le pape , et que force est qu'il y contribue. Le dit pape répondra qu'il n'a pas d'argent et fera preuve manifeste de sa pauvreté. Lors l'empereur , sans qu'il débourse rien , lui demandera celui du duc de Ferrare, lequel ne tient qu'à un *fiat*. Et voilà comment les choses se jouent par mystère. »

Il n'y a certes rien dans cette lettre qui fasse supposer qu'elle ait été écrite par un impertinent farceur, tel que les biographes de Rabelais se sont plu à le représenter ; tout , au contraire , jusqu'aux traits de satire dirigés contre Charles-Quint, se sent plutôt de l'homme de cour et du diplomate , que du moine apostat et du coureur de tavernes. Dans la lettre suivante où il raconte des histoires scandaleuses de la cour de Rome , on va voir avec quelle discrétion il employe encore les paroles , bien qu'il accuse nettement les faits.

« Monseigneur , marque-t-il toujours à Mr de Maillezais , vous demandez si le seigneur Pierre-Louis est légitime fils ou bâtard du pape (Paul III) ? Sachez que le pape jamais ne fut marié. C'est-à-dire que le susdit est véritablement bâtard. Et avoit le pape une sœur (Julie Farnèse) , belle à merveille. On montre encore de présent, au palais (en ce corps de maison où sont les sommistes lequel fit faire le pape Alexandre VI), une image de Notre-Dame, laquelle on dit avoir été faite à son portrait et ressemblance. Elle fut mariée à un gentil-homme , cousin du seigneur Rance , lequel étant en guerre pour l'expédition de Naples, le dit pape etc..... Le dit seigneur Rance du cas acertainé en advertit son dit cousin : lui remontrant qu'il ne devoit permettre telle injure être faite en leur famille par un Espagnol pape. Et en cas qu'il l'endurât, que lui ne l'endureroit point. Somme toute, il (le mari) la tua. Auquel forfait le pape (alors le jeune Alexandre Farnèse) fit ses doléances. Pour appaiser son grief et deuil, il (Alexandre VI) le fit cardinal.

« Auquel temps le cardinal Farnèse, aujourd'hui Paul III, entretint une dame romaine de la case (famille) Rufine , de laquelle il

eut une fille, qui fut mariée au seigneur Bauge (Bosso), comte de
Sancta Fiore, qui est mort dans cette ville depuis que j'y suis ; de
laquelle il a eu l'un des deux petits cardinaux , qu'on appelle le
cardinal de Sainte-Flour ; *item* un fils qui est le dit Pierre-Louis
que demandiez, qui a épousé la fille du comte de Cervelle, dont
il a tout plein foyer d'enfants et entre autres le petit *cardinalcule*
Farnèse qui a été fait vice-chancellier par la mort de feu le cardinal de Médicis. Par ces propos susdits, pouvez entendre la cause,
pourquoi le pape n'aimoit guère le seigneur Rance , et *vice-versâ,*
le dit Rance ne se fioit en lui : Pourquoi aussi est grosse querelle
entre le seigneur Jean–Paul de Cere, fils du dit seigneur Rance
et le sus dit Pierre–Louis, car il veut venger la mort de sa tante.

« Mais quant à la part du seigneur Rance, il en est quitte , car
il mourut le onzième jour de ce mois, étant à la chasse en laquelle
il s'esbattoit volontiers tout vieillard qu'il étoit.

« Je remets à l'autre fois que vous escrirez pour vous avertir des
nouvelles de l'empereur , car son entreprise n'est encore bien découverte. Il est encore à Naples , on l'attend ici pour la fin du
mois. Et fait-on toujours gros apprêt pour sa venue, et force arcs
triomphaux. Les quatres maréchaux de ses logis sont jà pièca (ici
depuis longtemps) en cette ville ; deux Espagnols, un Bourguignon
et un Flamand. C'est pitié de voir les ruines des églises , palais et
maisons que le pape a fait démolir et abattre pour lui dresser et
complaner le chemin. Et pour les frais du reste , a taxé pour leur
argent, sur le collège de MM. les cardinaux , des officiers courtisans , les artisans de la ville jusqu'aux aquarels (marchands de
limonade dans les rues). Jà toute cette ville est pleine de gens
étrangers. Le cinquième de ce mois arriva ici par le mandement
de l'empereur, le cardinal de Trente, venant d'Allemagne en gros
train et plus somptueux que n'est celui du pape. En sa compagnie
étoient plus de cent Allemands vêtus de parures , savoir est de
robes rouges avec une bande jaune, et avoient en la manche
droite figuré en broderie, une gerbe de bled liée , à l'entour de
laquelle étoit écrit : Unitas. »

Ces fragments de lettres ne peuvent plus laisser de doute sur ce
que j'ai avancé : qu'il y avait en Rabelais , comme dans presque
tous les hommes très intelligents et doués d'une imagination vive,
deux facultés distinctes ; celle au moyen de laquelle ils dirigent
leur vie réelle , l'autre qui leur fait réflechir les faits et les choses

dont ils sont entourés, sous un aspect tout particulier. La vie de l'Arioste a été triste, pesante et ennuyeuse, et cependant nul poëte n'a exhalé une gaîté plus sereine que lui ; Molière, le comique par excellence, était le plus grave et le plus morose des hommes. Qu'y a-t-il donc d'étonnant que Rabelais, bouffon, lorsqu'il mettait en scène Pantagruel, Panurge et Picrochole, se soit montré grave et savant dans les écoles de Montpellier et de Lyon, ait été homme d'affaires et de bonne compagnie avec Mr de Maillezais et le cardinal du Bellay ? Je ne vois là qu'un accident naturel et assez commun qui nous est clairement dévoilé par la correspondance de Rabelais.

Mais ces lettres vont nous faire pénétrer plus profondement encore dans la vie intérieure de Rabelais. On connaît sa mauvaise conduite, son apostasie et ses impiétés, mais on est moins généralement instruit des démarches qu'il fît à Rome auprès du saint-siége, pour obtenir l'absolution de ses fautes.

Dans sa première lettre à **M.** l'évêque de Maillezais, par laquelle il annonce à ce prélat l'envoi qu'il lui fait de graines, de légumes et de fleurs, tirées du royaume de Naples, il lui dit :

« Pour le présent je vous puis avertir que mon affaire a été concédé et expédié, beaucoup mieux et plus sûrement que je ne l'eusse souhaité ; et j'y ai eu aide et conseil de gens de bien. Mesmement du cardinal de Genutiis qui est juge du palais, et du cardinal Simonetta, auditeur de la chambre. Le pape étoit d'avis que je passasse mon dit affaire *per cameram.* Les susdits ont été d'opinion que ce fust par la cour des contredicts pour ce qu'elle est irréfragable en France. En tout cas il ne me reste qu'à lever les bulles *in plumbo.* M. le cardinal du Bellay, ensemble, M. de Mascon (Charles Hémard, cardinal) m'ont assuré que la composition me sera faite *gratis.* Combien que le pape par usance ordinaire, ne donne *gratis,* fors ce qui est expédié *per cameram.* Restera seulement à payer les référendaires, procureurs et autres tels barbouilleurs de parchemin. Si mon argent est court, je me recommanderai à vos aumosnes, car je crois que je ne partirai pas d'ici que l'empereur ne s'en aille. »

Or, voici l'affaire que Rabelais poursuivait en cour de Rome : il avait présenté une supplique pour son apostasie, et attendait avec impatience la bulle d'absolution qu'il espérait obtenir *gratis* de Paul III. Les deux actes, la supplique du coupable et le pardon du pontife, ont été conservés, et je pense que l'on ne sera pas fâché de savoir à peu près en quels termes Rabelais s'accusait et le pape a pardonné.

Dans sa supplique, écrite en latin (*Supplicatio pro Apostasiâ*), Rabelais avoue au saint-père qu'il est prêtre du diocèse de Tours, de l'ordre des frères mineurs, et qu'après avoir reçu l'ordination, il a *très-souvent* officié; qu'ensuite, avec la permission apostolique de Clément VII, il a pu passer dans l'ordre de Saint-Benoît, à l'église de Maillezais, et a été autorisé par le même acte émané du saint-siége, à conserver plusieurs bénéfices dont il jouissait. Que ledit demandeur s'étant éloigné de cette dernière église sans la permission de son supérieur, et ayant quitté l'habit de prêtre régulier pour prendre celui de prêtre séculier, il a erré longtemps dans le siècle, époque pendant laquelle il a étudié l'art de la médecine avec ardeur, l'a professé et pratiqué publiquement, tout en célébrant d'ailleurs les offices aux saints autels, ce qui, pendant tout ce temps de vagabondage, l'a noté d'infamie et d'apostasie.

« Mais, saint-père, ajoute Rabelais, comme ledit demandeur, revenu de ses erreurs, s'en affligera et s'en afflige même déjà au fond de son âme, et qu'il désire rentrer, avec tout repos d'esprit, dans l'ordre de Saint-Benoît, soit au monastère où il était, soit dans tout autre couvent du même ordre régulier, il supplie humblement que, conformément à l'indulgence du pieux fondateur, et en quelque monastère qu'il soit tenu de se présenter, il puisse se consacrer perpétuellement, avec l'habit régulier, au culte du Très-Haut; et qu'usant envers lui de faveur et de grace spéciales, on lave et absolve ledit demandeur de toute note et tache d'apostasie, ainsi que de toutes les excommunications et censures ecclésiastiques que ses fautes précédentes lui ont fait encourir. »

Cette supplique se termine par la demande d'une permission que fait Rabelais d'exercer la médecine sa vie durant, jusqu'à la *brûlure et l'incision* (ce qui veut dire qu'il ne pratiquerait pas la chirurgie), mais avec la permission de son supérieur.

Telle est la grande affaire qui a occupé Rabelais pendant son séjour à Rome, une absolution du pape, obtenue gratis. Un passage de sa douzième lettre à M. de Maillezais va nous apprendre son succès.

J'ai, Dieu mercy, expédié tout mon affaire, et ne m'a cousté que l'expédition des bulles. Le saint-père m'a donné de son propre gré la composition. Et crois que vous trouverez le moyen assez bon, et n'ai rien par icelles impétré, qui ne soit civil et juridique. Mais il a fallu bien user de bon conseil pour la formalité. Et vous ose dire que je n'y ai quasi en rien employé M. le cardinal du Bellay, ni M. l'ambassadeur, combien que de leurs grâces se y fussent offerts à y employer non seulement leurs paroles et faveur, mais entièrement le nom du Roy. »

Voici quelques passages de la bulle du pape, datée du 17 janvier 1536. *« A notre cher fils Rabelais, moine de l'église de Maillezais, de l'ordre de S. Benoît, Paul, souverain pontife, IIIe du nom, salut apostolique. »* La bulle commence par un assez long considérant, où se trouve la répétition des aveux et de toutes les suppliques faites par le pécheur. Après cet énoncé, le pontife se montrant disposé, en raison de l'humilité du requérant, à user de la clémence naturelle au saint-siége, ajoute : « Nous donc, qui cherchons à étendre la miséricorde du saint-siége apostolique, qui n'avons pas coutume de fermer le sein de sa piété à ceux qui l'implorent, voulant au contraire que ceux qui se recommandent auprès de nous, par le zèle pour la religion et pour les lettres, par la science de la vie et l'honnêteté des mœurs ; qui sont agréables aux autres par leur probité et par l'ensemble de leurs vertus, soient environnés d'une faveur particulière ; par cette raison, disposés charitablement envers toi par tes supplications, nous t'absolvons de l'excommunication, de toutes sentences, censures et peines que tu as encourues pour les différentes fautes ci-dessus détaillées, et nous t'absolvons du crime d'apostasie et de tous tes excès en vertu de l'autorité apostolique par la teneur de la présente. »

Dans le cours de la bulle, le pontife accorde à Rabelais la faculté de rentrer dans le monastère de Maillezais, d'y dire la messe et d'y jouir de tous les avantages qui appartiennent à ce couvent ; et quant à la demande de l'exercice de l'art de la médecine, il le lui accorde. « Le suppliant, dit la bulle, pourra exercer l'art de la médecine, avec la permission de son supérieur, jusqu'à la cautérisation et l'incision exclusivement, mais dans une intention pieuse et sans aucune espérance de lucre et de gain, etc. Mais nous VOULONS qu'il fasse pleine et entière pénitence en choisissant un confesseur

auquel il avouera ses fautes, sans quoi les présentes lettres ne donneront aucune validité à cette absolution.

> Donné à Rome, chez saint Pierre, sous l'anneau du Pêcheur, le 17ᵉ jour de janvier 1536, 2ᵉ année de notre pontificat (1). »

A partir de cette époque, les circonstances de la vie privée de Rabelais sont entièrement inconnues; on sait seulement que vers ce temps, lorsqu'il fut rentré en France, il obtint, par l'influence du cardinal du Bellay, une prébende en l'église collégiale de Saint-Maur-les-Fossés, avec la cure de Meudon près Paris, où il mourut. Quant aux anecdotes que l'on raconte sur lui et aux bons mots, impiétés et impertinences envers le pape Paul III qu'on lui attribue, tout cela est si misérable et devient si absurde après la lecture de *la Supplique pour apostasie* et de *la Bulle d absolution*, que je me crois dispensé d'en rappeler la mémoire.

Nous connaissons l'homme; étudions maintenant l'écrivain.

Vers 1520, alors que Rabelais pouvait avoir environ trente ans, il se trouvait, comme tous ceux de ses contemporains d'un esprit actif et éclairé, soumis à l'influence plus ou moins pénétrante des idées anti-religieuses, auxquelles les tentatives de réformation avaient frayé la voie dans toute l'Europe. Prêtre, moine, faisant donc partie lui-même du clergé dont il connaissait mieux que tout autre le relâchement, puisque ses fautes les plus graves étaient facilement paliées par ses supérieurs, il prit de bonne heure du mépris pour le corps ecclésiastique, et tourna la religion en raillerie. Cette disposition d'esprit, inhérente sans doute à son caractère, mais singulièrement développée par la révolution religieuse de son temps, se retrouve constamment exprimée dans l'ensemble ainsi que dans les plus petits détails du roman qui l'a immortalisé.

Une influence non moins puissante, et qui, sans aucun doute, contribua tout à la fois à donner un tour particulier à son esprit ainsi qu'à la forme de son talent, est celle qu'il reçut des études longues et sérieuses qu'il fit de l'art de la médecine et des sciences

(1) Toutes ces pièces écrites en latin se trouvent dans le *Floretum philosophicum* d'A. Leroi.

naturelles qui s'y rattachent. Et je 'ferai observer que Rabelais, prêtre sans foi, était encore incrédule comme médecin.

La connaissance des langues grecque et latine qu'acquit de fort bonne heure Rabelais, doit encore être mise au nombre des grandes influences qui ont agi sur l'homme et sur l'écrivain.

Enfin son existence aventureuse et bizarre, sa profession de prêtre avec le goût pour le plaisir et l'impiété, ses relations simultanées avec le haut clergé, la noblesse élégante et la canaille, son savoir dans les langues et les littératures antiques, joint au goût inné qui lui faisait rechercher les locutions et les mots des divers patois de France, tout cet amalgame d'habitudes et de connaissances disparates, entrent pour quelque chose dans le développement des opinions, des pensées et du style de cet homme que le ciel avait doué au plus haut degré des qualités qui constituent le grand écrivain.

Dans les fragments de lettres écrites à monseigneur de Maillezais, le lecteur a dû être frappé de la simplicité d'expression qui y règne. Non seulement le ton en est toujours raisonnable et décent, mais on n'y trouve pas un seul exemple de ces figures hardies, de ces expressions métaphoriques et burlesques dont Rabelais est si prodigue dans son roman. Je ne connais pas d'écrivain, sans en excepter les poëtes, dont la prose courante soit plus différente du style de leurs livres, que celle de Rabelais homme, ne l'est de celle de Rabelais auteur. Écoutons-le parler de son livre dans son prologue seulement, là où il n'a pas cru devoir étaler encore toutes les piquantes richesses de son style, et l'on jugera déjà de l'énorme différence qu'il y a entre ce morceau et ses lettres familières. Après avoir offert son livre aux buveurs et aux malades, et leur avoir cité l'exemple de Socrate, dont le corps était laid et bizarre, mais dont l'esprit renfermait une foule de qualités précieuses, il avertit ses lecteurs de ne pas s'arrêter à l'apparence de son livre, mais d'y chercher ce qu'il renferme de grave et d'instructif, puis il ajoute :

« A quel propos, en votre avis, tend ce prélude et coup d'essai ? C'est que vous, mes bons disciples, et quelques autres, lisant les joyeux titres d'aucuns (de quelques) livres de notre invention, comme Gargantua, Pantagruel, Fessepinte, le *Traité* des poids au lard *cum commento*, etc., jugez trop facilement n'être au dedans, traité que mocqueries, folâtreries et menteries joyeuses : vu que l'enseigne extérieure, (le titre), sans plus avant enquérir, est communément reçue a dérision et gaudisserie.

« Mais avec telle légèreté ne convient estimer les œuvres des humains ; car vous mêmes dites que l'habit ne fait le moine. **Et tel est vetu d'habit monachal, qui au dedans n'est rien moins que moine.** C'est pourquoi il faut ouvrir le livre, et soigneusement en peser ce que y est déduit. Lors connaîtrez que la drogue contenue dedans est bien d'autre valeur que ne promettoit la boite ; c'est-à-dire que les matierres ici traitées ne sont aussi folâtres, comme le titre au-dessus prétendoit.

« Et posé le cas qu'au sens littéral vous trouverez matières assez joyeuses et bien correspondantes au titre ; toutesfois il ne faut pas demeurer là comme au chant des syrennes, mais à plus haut sens interpreter ce que cuidiez (vous croyez) dit en gaîté de cœur.

« Crochetates vous (oncques) jamais bouteille ? Ventrebleu ! réduisez à mémoire (souvenez-vous) la contenance que vous avez. Mais vîtes-vous jamais chien rencontrant quelqu'os médulaire (rempli de moëlle) ? c'est, comme dit Platon (livre 2 de Rep.), la bête du monde plus philosophe ; si vous l'avez vu, vous avez pu noter de quelle dévotion il le guette, de quel soin il le garde, de quelle ferveur il le tient, de quelle prudence il l'entame, de quelle affection il le brise et de quelle diligence il le suce. Qui l'induit à ce faire ? qu'est l'espoir de son étude ? quel bien prétend-il ? Rien de plus qu'un peu de moëlle. Il est vrai que ce peu est plus *délicieux* que le beaucoup de quelques autres. »

A la lecture de cet excellent passage, ceux qui ont le sentiment inné du style remarqueront l'art d'un écrivain singulièrement habile. Mais dans le prologue du second livre, destiné également à faire apprécier les avantages de son *Pantagruel*, Rabelais rapporte plusieurs effets miraculeux que cet œuvre a produits. Après avoir dit que les honorables dames et demoiselles se font lire *Gargantua* par les illustres et chevaleresques gentilhommes ; que les seigneurs revenant de la chasse sans gibier se consolent avec son livre, il se laisse aller à sa verve, prodigue ses facéties hyperboliques, et termine sa période par une impiété.

« Mais que dirai-je des pauvres malades et goutteux, s'écrie-t-il, ô combien de fois nous les avons vus oints et graissés à point, quand le visage leur reluisoit comme la clavure (serrure) d'un charnier, et que les dents leur tresailloient comme les marchettes (touches) d'un clavier d'orgues quand on joue dessus ! Que faisoient-ils alors ? Toute leur consolation n'étoit que d'ouïr lire quelque page dudit livre ; et nous en avons vu qui se donnoient à cent pipes de vieux diables, si ils ne sentoient allegement manifeste à cette lecture lorsqu'on les tenoit aux limbes ainsi que les femmes en mal d'enfant quand on leur lit la vie de sainte Marguerite.

« Est-ce rien cela ? Trouvez-moi un livre, en quelque langue, en quelque faculté et science que ce soit, qui ait telles vertus, propriétés et prérogatives, et je payerai choppine. Non, Messieurs, non, il est sans pair, incomparable, et sans parangon ; je le maintiens jusques au feu *exclusivement*. Et ceux qui voudroient maintenir que si, qu'ils soient réputés abuseurs, imposteurs et séducteurs. Il est bien vrai que l'on trouve en certains livres de haute futaye, des propriétés occultes, au nombre desquelles on tient Fesse-Pinte, Orlando-Furioso, Robert-le-Diable, Fier-à-Bras, Guillaume-sans-Peur, Huon de Bordeaux, Mondeville et Matabrune ; mais ils ne sont comparables à celui dont nous parlons, et le monde a bien connu par expérience infaillible, le grand émolument et l'utilité qui venoit de ladite chronique gargantuine, car il en a été plus vendu par les imprimeurs en deux mois, qu'il ne sera acheté de bibles en neuf ans. »

Le prologue du quatrième livre est une recommandation de la *Médiocrité* faite aux lecteurs comme garantie du bonheur en cette vie ; et, à cette occasion, Rabelais rapporte l'histoire du bûcheron qui a perdu sa cognée, et à qui Mercure, d'après l'ordre de Jupiter, en présente trois : une d'or, l'autre d'argent et la troisième de bois que prend modestement le bonhomme en la reconnaissant pour la sienne. Cet apologue est, sans contredit, un des plus excellents morceaux qui soient sortis de la plume de Rabelais, et comme sa longueur ne me permet pas de le donner ici, j'en transcrirai un passage qui, sans doute, fera naître le désir de connaître le reste. A l'imitation de l'Icaroménippe de Lucien, Rabelais met en scène Jupiter, plusieurs autres divinités et Mercure, occupés à écouter et à répondre à tous les vœux et à tous les désirs des humains, qui leur parviennent par des espèces de petites cheminées qui correspondent entre la terre et l'Olympe. Le conseil céleste, surchargé d'affaires, est cependant forcé d'interrompre sa séance à cause des cris incessants que fait entendre le bûcheron demandant :

« Ma cognée ! ma cognée ! ma cognée !

« Jupiter dit à Mercure : Ores seroit à savoir quelle espèce de cognée demande ce criard. Descendez présentement là-bas, et jettez aux pieds de cet homme trois cognées : la sienne, une autre d'or et une tierce d'argent, massives, toutes d'un calibre. Lui ayant donné l'option de choisir, s'il prend la sienne et s'en contente, donnez-lui les deux autres ; s'il prend autre que la sienne, coupez-lui la tête avec la sienne propre. Et désormais faites ainsi à ces perdeurs de cognées.

« Ces paroles achevées, Jupiter, contournant la tête comme un singe qui avalle des pillules, fit une morgue (grimace) tant épouvantable que tout le grand Olympe trembla. Mercure, avec son chapeau pointu, sa capeline, tallonières et caducée, se jette par la trappe des cieux, fend le vide de l'air, descend légèrement en terre, et jette aux pieds du bûcheron les trois cognées, puis lui dit : Tu as assez crié pour boire. Tes prières sont exaucées de Jupiter : regarde laquelle de ces trois est ta cognée et l'emporte. Le bûcheron soulève la cognée d'or ; il la regarde, et la trouve bien pesante, puis dit à Mercure : Merci de moi, celle-ci n'est pas la mienne, je n'en veux grain (pas). Autant fait de la cognée d'argent, et dit : Non celle-ci ; je vous la laisse. Puis prend en main la cognée de bois. Il regarde au bout du manche et reconnoît sa marque ; et tressaillant tout de joie comme un renard qui rencontre poules égarées, et souriant du bout du nez, dit : Merdigues ! celle-ci étoit mienne ! Si vous voulez me la laisser, je vous sacrifierai un bon et grand pot de lait tout fin couvert de belles frayères (fraises) aux ides, c'est le quinzième jour de may. — Bonhomme, dit Mercure, je te la laisse ; prends-la. Et parce que tu as opté et souhaité médiocrité en matière de cognée, par la volonté de Jupiter, je te donne ces deux autres. Tu as de quoi doresnavant te faire riche ; sois homme de bien. »

Rabelais est intarissable quand il tient un sujet ; et, à propos de la médiocrité et des cognées, il trouve moyen de présenter d'une manière fort plaisante un miracle rapporté dans l'Ancien Testament : « A un fils de prophète, dit-il, fendant du bois en Israël, près le fleuve Jourdain, le fer de sa cognée échappa et tomba dedans ce fleuve. Il pria Dieu le lui vouloir rendre ; c'était chose médiocre, et en ferme foi et constance, il jetta non la cognée après le manche, mais le manche après la cognée, comme proprement vous dites. Soudain apparurent deux miracles : le fer se leva du fond de l'eau et s'adapta au manche.

« Si il eût souhaité monter aux cieux dans un charriot flamboyant, comme Hélie ; multiplier en lignée, comme Abraham ; être riche autant que Job ; aussi fort que Samson ; aussi beau qu'Absalon, l'eût-il impetré (obtenu) ? C'est une question. »

Lafontaine n'a pas mieux raconté ; Voltaire n'a jamais été plus spirituellement indévot.

Ces citations rapprochées suffiront, je pense, pour prouver à ceux qui ont quelque idée de la littérature française avant le commencement du xvie siècle, que Rabelais résume en lui seul toutes les qualités diverses qui ne se trouvaient qu'isolées dans ses prédécesseurs. Cette manière simple de narrer, si remarquable dans Ville-Hardoin et le sire de Joinville ; ce parler narquois, qui donne un si haut goût aux fabliaux des trouvères, et cette disposition à l'ironie et à la satire qui semble être un des attributs de l'esprit français, Rabelais possède et réunit tous ces avantages. D'un autre côté, une certaine grâce d'élocution, dont on trouve le rudiment dans le *Roman de la Rose*, que Villon développa deux siècles plus tard, on la trouve déjà presque arrivée à son état de perfection dans la prose de Rabelais, écrivain dont le mérite singulier est d'avoir donné à notre langue cette allure franche et régulière, cette inconcevable lucidité qui la distingue de tous les idiomes de l'Europe moderne.

L'instinct, le génie de Rabelais, si l'on préfère cette expression, l'a merveilleusement servi dans l'étude et le choix qu'il a fait des nombreux patois de France, si vivaces encore de son temps ; et c'est une observation qui, je crois, n'a pas encore été énoncée, que de dire que Rabelais a fait en France ce que Dante a fait en Italie. L'un et l'autre, choqués de l'incohérence des langages, aussi multipliés que les provinces où on les parlait, ont senti le besoin d'en former une langue régulière, uniforme et élégante, qui, dominant tous les dialectes, se fît accepter par tout ce qu'il y avait d'hommes distingués et délicats dans leurs nations.

C'est sans doute ici l'occasion de déplorer les défauts inhérents au caractère et à l'esprit de Rabelais. Car, on est autorisé à croire qu'avec son talent de linguiste et d'écrivain, s'il eût eu, en grandeur de caractère, en pureté et en élévation de sentiment, tout ce qui chez lui n'est qu'ironie, mépris de son espèce et passion pour l'ordure, il eût été l'Homère ou le Dante de la France.

Mais il entrait dans les destinées de la littérature de notre pays que les prosateurs précédassent les poëtes ; que les penseurs ironiques, satiriques et indévots se montrassent plus tôt et eussent plus de talent que les écrivains religieux, moraux ou graves. Il était arrêté que tous les livres en prose ou en vers, écrits dans l'intention d'inculquer de grandes idées religieuses et philosophiques, n'auraient aucune portée, seraient décolores et faiblement écrits, tandis qu'au contraire les fabliaux, les nouvelles, les sirventes et les lais devaient être composés par des écrivains satiriques pleins d'esprit et de verve. La conséquence de cet accident fut si importante qu'elle se fait sentir encore aujourd'hui ; car, en France, aucun ouvrage de haute littérature n'est populaire. Je ne crains pas de le répéter : Rabelais, comme écrivain, avait presque tout ce qui était nécessaire pour prendre chez nous l'attitude de Dante en Italie. Mais le Florentin était sincèrement chrétien et théologien ; il s'occupait avec passion des intérêts temporels de sa patrie et de l'avenir des hommes dans les autres mondes ; il poursuivait le mal à outrance et célébrait la vertu, tous sentiments qui vibrent à l'unisson avec l'instinct des peuples, sans exception de classes, depuis les grands jusqu'aux petits. Aussi les poëmes de Dante devinrent-ils le LIVRE, une espèce de *Bible* pour les Italiens, qui y apprirent, comme ils y apprennent encore, à lire et à penser.

En France, au contraire, les poëmes et les écrits les plus anciens depuis la renaissance, ont été composés dans l'intention particulière de récréer et de distraire les riches, les gens de cour et les princes. Les troubadours et les trouvères allaient de palais en palais débitant, pour de l'argent, leurs fabliaux et leurs contes dont la morale était au moins fort relâchée quand les sujets n'étaient pas ouvertement obscènes et impies. Les seuls sentiments élevés et généreux qui y fussent présentés de manière à exciter l'enthousiasme des auditeurs, étaient ceux que fait naître l'amour, ou que développait la bravoure chevaleresque. Or, toutes ces histoires galantes et libertines, toutes ces satires de mœurs raffinées jusqu'à la corruption, tous ces exploits des chevaliers, ne pouvaient réellement plaire qu'à ceux que cela intéressait, qu'aux personnes des classes très-élevées.

La plèbe, la bourgeoisie même, se nourrissait l'esprit de légendes et de mystères, et, du temps de saint Louis jusqu'au règne de Louis XI, je doute fort que les *Romans du Renard* et *de la Rose*, que les vers de Villon eussent d'autres lecteurs que le haut clergé, la cour et la noblesse. L'histoire de tous les peuples en fait foi, les livres qui font impression sur les masses ont toujours pour objet les grandes questions relatives à la vie future, ou a l'existence politique des nations. Quant aux écrits destinés à faire connaître les mœurs, à preindre les nuances de telle au telle civilisation, les singularités de tel ou tel personnage, plus ils sont traités avec esprit, délicatesse et malice, moins le peuple les goûte. En jetant un coup d'œil en arrière sur les écrivains justement célèbres par leur talent dans la littérature française depuis le xiiie siècle, on verra que tous sont dans la dernière catégorie que je viens d'indiquer, c'est Guillaume de Lorris, Jean Mehung, Villon, Marot, puis enfin Rabelais ; tous ont écrit exclusivement pour la société choisie de leur temps, et par cela même, loin d'employer ce style grandiose et simple propre à la majesté de la haute poésie et de l'histoire, digne enseignement des nations, ils se sont toujours montrés, au contraire, spirituels, malins, raisonneurs, grivois au moins, sceptiques et assez ordinairement indévots, afin d'amuser un auditoire délicat et choisi.

Cet accident originel qui donne un caractère commun à tous les ouvrages écrits dans les divers dialectes des provinces qui forment aujourd'hui la France, cet accident, dont l'influence s'est fait sentir avec tant de force dans la seconde partie du *Roman de la Rose* composée par Jean de Mehung, et dans le recueil des poésies de Villon, je veux dire la disposition ironique, narquoise, grivoise et sceptique, non seulement on la retrouve dans Rabelais, mais elle y est plus marquée encore que dans ses prédécesseurs et armée d'une puissance que lui donne l'autorité littéraire et scientifique d'un homme doué au plus haut degré des talents qui caractérisent le grand écrivain versé dans les sciences naturelles.

Avec toutes les restrictions que j'ai indiquées, on admettra donc sans peine l'analogie que je prétends établir entre Rabelais et Dante ou Homère. Comme linguiste, comme écrivain, l'auteur français a fait sur les patois de son pays une épuration et un choix éclectique, à peu près semblable au travail que les deux poëtes, grec et italien, achevèrent eux-mêmes sur les dialectes de leurs nations. A cet égard la comparaison ne peut être repoussée par personne. Mais la différence qui sépare le satirique français des deux vieux poëtes étrangers, est l'esprit, la tendance et la forme de leurs ouvrages, et par conséquent la différence tranchée qui a existé et qui existera toujours entre le petit nombre de lecteurs privilégiés de Pantagruel et les admirateurs nombreux, irréfléchis et pleins de foi qui ont puisé leurs connaissances dans *l'Iliade* et *la Divine Comédie.*

Rabelais est donc le tronc où se réunirent les immenses et nombreuses racines de la langue française, ou toutes les séves confondues mélangées et élaborées, furent soumises à une espèce de travail chimique d'où résulta une séve nouvelle et uniforme, qui bientôt reprit son cours et se distribua enfin dans les branches et le feuillage splendides de l'arbre auquel nous avons comparé la langue française.

Riche de son propre fonds, Rabelais orna donc encore son scepticisme, de l'ironie et de toute la licence du langage, familières à ses précurseurs. Mais ses études et son expérience pratique, comme médecin, lui fournirent l'occasion d'introduire dans la littérature et la langue, des idées, des locutions et des mots qui n'y avaient point encore été admis. Non seulement son érudition, comme savant et philologue, l'entraîna à citer les auteurs les plus sérieux pour aboutir à faire une bouffonnerie, mais il lança les traits de sa satire sur l'espèce humaine, en homme que la vue de nos faiblesses et de nos infirmités corporelles rend moqueur et souvent inexorable envers l'humanité. Jamais, par exemple, il ne parle des femmes que pour plaisanter sur leurs défauts ou la faiblesse de leur constitution ; et les qualités qu'il recommande avec le plus de complaisance dans l'homme, c'est une certaine force brutale et entreprenante qui permet de commettre des excès de tous genres sans que l'équilibre de la santé en soit troublé. Avec cette habileté d'écrivain qui ne l'abandonne jamais, il trouve moyen de placer d'une manière plaisante les termes les plus étranges de médecine et d'anatomie. Une fois qu'il est lancé, rien ne lui coûte, rien ne l'arrête, et dans sa verve satirique il n'épargne même pas le corps des médecins auquel il appartenait. On pourra juger par la citation suivante, mais que j'ai choisie parmi celles que tout le monde peut lire sans rougir, quel besoin instinctif cet homme avait de se moquer de tout, puisqu'il n'épargne pas même ses confrères les médecins de Montpellier qu'il met en scène dans une cure extravagante. Après avoir raconté l'histoire de religieuses qui donnent au pape Jean **XXII** une preuve singulière de la curiosité indiscrète des femmes, il passe à l'aventure d'un homme dont la femme était muette :

« Je ne vous avois pas vu (dit Ponocrate à Epistemon , deux personnages du roman), depuis que jouâtes à Montpellier avec nos anciens amis, Ant. Saporta, Guy Bourgnier, Balthazar Noyer, Jean Quentin, François Robinet, Jean Perdrier et François Rabelais, la morale-comédie de celui qui avoit épousé une femme muette. — J'y étois, dit Epistemon. Le bon mari vouloit qu'elle parlât, et elle parla grâce à l'art du médecin et du chirurgien, qui lui coupèrent un encyliglotte qu'elle avoit sous la langue.

« La parole recouverte, elle parla tant et tant, que son mari retourna au médecin, pour remède de la faire taire.

« Le médecin répondit avoir bien remèdes en son art, propres pour faire parler les femmes, mais non pour les faire taire ; qu'il n'existait qu'un remède unique, surdité du mari, contre cet interminable parlement de femme.

« Le mari devint sourd par je ne sais quels charmes qu'ils firent. Puis le médecin demandant son salaire, le mari répondit qu'il était vraiment sourd et qu'il n'entendait la demande. Je n'ai jamais tant ri qu'à ce patelinage (1). »

Il serait superflu et d'ailleurs peu agréable au lecteur, qu'on lui rapportât mille passages répandus dans le livre de Rabelais, où l'auteur affecte d'employer les termes les plus étranges d'anatomie et de médecine, sans doute pour se moquer de l'abus que ses confrères en faisaient dans la conversation. Mais, après avoir seulement signalé ce fait, j'insisterai davantage sur les endroits de son livre qui démontrent avec quel talent il a introduit la langue scientifique dans la langue littéraire, et où il est évident d'ailleurs, que le médecin écrivain, a donné une idée de la physiologie telle qu'on la concevait de son temps. C'est à propos des *débiteurs* et des *emprunteurs*, après s'être efforcé de faire ressortir les avantages qui résultent de la circulation active et forcée de l'argent, et avoir établi un système de rapports entre ceux qui empruntent et ceux qui prêtent, qu'il applique ce principe à l'économie générale de la constitution du monde et de l'homme. C'est donc après avoir fait la peinture d'un univers hypothétique dont chaque partie, ne prêtant rien de sa force et de son influence aux autres, et ne recevant rien à son tour, serait bientôt réduit à l'immobilité et à la mort, qu'il ajoute (liv. 3, chap. 4) :

(1) Pantagruel, liv. III, chap. 33.

« Au contraire, représentez-vous un monde autre, auquel chacun prête, chacun doive ; où tous soient débiteurs et prêteurs : ô quelle harmonie sera parmi les mouvements réguliers des cieux ! Il m'est avis (me semble) que je l'entends aussi bien que fit jamais Platon. Entre les humains, paix, amour, fidélité, repos, banquets, festins, joie, or, argent, menue monnoye, chaînes, bagues, marchandises, trotteront de main en main. Nul procès, nulle guerre, nul débat, nul ni sera usurier, nul eschart (avare), nul chiche, nul refusant. Vrai Dieu, ne sera-ce point l'âge d'or ? le règne de Saturne ? où charité seule règne, régente, domine, triomphe ? Tous seront bons, tous seront beaux, tous seront justes. O monde heureux !

« A ce patron figurez-vous notre microcosme (le monde en petit, l'homme) avec tous ses membres, prêtant, empruntant, devant, c'est-à-dire en son naturel, car nature n'a créé l'homme que pour prêter et emprunter. Plus grande n'est l'harmonie des cieux, que sera celle de sa police (organisation). L'intention du fondateur de ce microcosme est d'y entretenir l'âme, laquelle il y a mise comme hôte, et la vie.

« La vie consiste en sang. Le sang est le siége de l'âme. Mais un seul labeur peine en ce monde ; c'est forger sang continuellement. En cette forge, les membres ont tous un office propre et leur hiérarchie est telle que sans cesse l'un emprunte de l'autre, l'un prête à l'autre. L'un à l'autre est débiteur.

« La matière convenable pour être changée en sang, est fournie par la nature : pain et vin. Pour les trouver, préparer et cuire, les mains travaillent, les pieds cheminent, les yeux conduisent tout. L'appétit a l'orifice de l'estomach, moyennant un peu de melancholie aigrette (acidulée) qui lui est transmis de la ratelle, avertit d'avaler la viande. La langue en fait l'essay, les dents la mâchent, l'estomach la reçoit, digère et chylifie. Les veines mesaraïques en sucent ce qui est bon et idoine (convenable), le portent au foye qui le transmet de nouveau et en fait le sang.

« Lors quelle joye pensez-vous être entre ces officiers (1), quand ils ont vu ce ruisseau d'or qui est leur seul restaurant ? Et donques chaque membre se prépare et s'évertue de nouveau à purifier,

---

(1) Expression métaphorique pour désigner les divers organes dont il vient de parler.

à affiner ce trésor. Les rognons en tirent l'âcreté par les veines émulgentes et le poussent en bas. Au bas est la vessie qui la vide dehors. La ratelle en tire la lie que vous nommez melancholie (humeur noire). La bouteille de fiel en extrait la colère superflue. Enfin ce ruisseau est transporté dans une autre officine pour être mieux affiné ; c'est le cœur, lequel par ses mouvements diastoliques et systoliques le subtilise et l'enflamme tellement, que par le ventricule droit il le met en perfection et par les veines l'envoye à tous les membres. Chaque membre l'attire à soi et s'en alimente à sa guise : pieds, mains, yeux, tout ; et alors ils sont faits *débiteurs* de *préteurs* qu'ils étaient par avant. Par le ventricule gauche il le fait si subtil qu'on le dit spirituel, et l'envoye à tous les membres par les artères pour échauffer et éventer l'autre sang des veines. Le poumon avec ses lobes et soufflets ne cesse de le rafraîchir.

« En reconnaissance de ce bien, le cœur lui en départ (distribue) le meilleur par la veine artérielle. Enfin tant est affiné (le sang) dedans les retz merveilleux, qu'après en sont faits les esprits animaux, moyennant lesquels *Elle* imagine, discourt, juge, résout, délibère, raisonne et se souvient. Vertugoy ! je me noye, je me perds, je m'égarre quand j'entre au profond abyme de ce monde prêtant et devant ainsi ! »

C'est Panurge qui tient ce discours à Pantagruel pour lever les scrupules de ce prince peu disposé à emprunter et à faire des dettes, et cet épisode suffirait à lui seul pour faire juger de la philosophie, de la science et du style nouveau que Rabelais a introduits dans son livre. Malgré tout ce qu'ont pu dire ceux qui prétendent que cet homme était spiritualiste, il est difficile de le croire après la lecture de ce morceau, et par le soin qu'il a pris de faire suivre cette phrase : « *Elle* imagine, discourt, juge, etc. » d'une exclamation plaisante et inattendue, le lecteur attentif ne peut manquer de substituer le mot *âme* à celui d'*elle*.

C'est à l'abri de plaisanteries et de fariboles souvent inintelligibles qu'il glisse ainsi les opinions les plus hardies ou ses blasphèmes ; c'est sa manière. Profondément sceptique, sinon complètement incrédule, sa pensée oscille toujours entre la science et la bouffonnerie, et pour lui le doute représente l'équilibre.

On peut en juger maintenant ; Rabelais a introduit les arguments scientifiques dans une œuvre de littérature dont la forme est en apparence frivole, et il est le premier en France qui ait mis en œuvre un artifice dont plus tard Bayle, Fontenelle et Voltaire devaient tirer tant d'avantages pour établir la philosophie du XVIIIe siècle.

De ce que Rabelais provoque le rire par ses écrits, il seroit imprudent d'en conclure qu'il étoit gai lui-même, et ses études habituelles si sérieuses, ainsi que l'aspect matériel sous lequel il envisageoit la nature, doivent faire penser, au contraire, qu'il étoit fort grave. Ce qui est certain, c'est que cet homme, qui dépasse si souvent la farce et la bouffonnerie ordurière, a écrit des morceaux assez longs qui sont empreints de calme, de grandeur et d'une majesté que l'on ne retrouve plus après lui, que dans les grands écrivains du siècle de Louis XIII. On va juger de la flexibilité du talent de ce grand artisan du langage, et avec quel tact il ajuste son style au caractère des personnages qu'il fait parler. Pantagruel étant en voyage pour former son esprit et étudier le monde, reçoit la lettre suivante de son père :

« Très cher fils, entre les dons, grâces et prérogatives dont le souverain plasmateur (architecte) Dieu tout puissant, a doté et orné l'humaine nature, celle-là me semble singulière et excellente, par laquelle l'homme peut en état mortel acquérir une espèce d'immortalité, et dans le cours de cette vie transitoire, perpétuer son nom et sa race..... Non donc sans juste et équitable cause, je rends grâce à Dieu, mon conservateur, de ce qu'il m'a donné la faculté de voir ma vieillesse chenue refleurir en ta jeunesse. Car quand, par le plaisir de celui qui régit et modère tout, mon âme laissera cette habitation humaine, je ne me réputerai totalement mourir, mais passer d'un lieu en un autre, attendu qu'en toi et par toi, je demeure en mon image visible en ce monde, vivant, voyant et conversant avec gens d'honneur et mes amis, comme je soulois (j'avois coutume)...... (1). C'est pourquoi, comme en toi demeure l'image de mon corps, si les mœurs de l'âme n'y reluisoient pareillement, l'on ne te jugeroit être garde et trésor de l'immortalité de notre nom. Et le plaisir que je prendrois ce voyant, seroit petit; considérant que la moindre partie de moi, qui est le corps, demeureroit, tandis que la meilleure, qui est l'âme, seroit dégéné-

____

(1) Tout ce passage est imité du banquet de Platon, discours de Socrate.

rée et abâtardie. Ce que je ne dis par défiance de ta vertu, laquelle m'a déjà été par ci-devant éprouvée, mais pour t'encourager à profiter de bien en mieux.

« Mais encore que mon feu père Grangousier eût adonné toute son étude à ce que je profitasse en toute perfection et sçavoir politique, et que mon labeur et étude correspondît très bien et même outrepassât son désir : toutefois, comme tu peux bien entendre, le temps n'étoit si idoine (propre) et commode aux lettres comme il l'est de présent ; il n'y avoit pas une copie (foule) de précepteurs comme tu as eu. Le temps étoit encore ténébreux et sentant l'infélicité et calamité des Goths qui avoient mis à destruction toute bonne littérature. Mais, par la bonté divine, la lumière et dignité a été rendue de mon temps aux lettres, et j'y vois tel amendement (perfectionnement), qu'à présent je serois reçu avec difficulté en la première classe des petits Grimaulx, moi qui, dans mon temps, étois, non à tort, réputé le plus savant dudit siècle.

« Maintenant, toutes disciplines sont restituées, les langues instaurées, la grecque, sans laquelle c'est honte qu'une personne se dise savant, l'hébraïque, la chaldaïque, la latine. Les impressions si élégantes et correctes en usage, qui ont été inventées de mon temps par inspiration divine, comme à contre-fil (au contraire) l'artillerie (le fut) par suggestion diabolique. Tout le monde est plein de gens savants, de précepteurs très doctes, de librairies (bibliothèques) très amples, et m'est avis qu'au temps de Platon et de Cicéron, n'étoit telle commodité d'étude comme maintenant, et ne faudra plus se trouver doresnavant en compagnie quand on ne sera pas bien poli en l'officine de Minerve. Je vois les brigands, les bourreaux, les aventuriers, les palefreniers de maintenant plus doctes que les docteurs et les prêcheurs de mon temps. Que dirai-je? les femmes et les filles ont aspiré à cette manne céleste de bonne doctrine.

« C'est pourquoi, mon fils, je t'admoneste que tu employes ta jeunesse à bien profiter en études et en vertus. Tu es à Paris, tu as ton précepteur Epistemon, dont l'un par vives et verbales instructions, l'autre par louables exemples, peut t'endoctriner. J'entends et veux que tu apprennes parfaitement les langues. Premièrement la grecque, comme le veut Quintilien ; secondement la latine, et puis l'hébraïque, pour les saintes lettres, et que tu formes ton style quant à la grecque, à l'imitation de Platon, quant à la latine, de Cicéron. Qu'il n'y ait histoire que tu ne tiennes présente en mémoire. Des arts libéraux, géométrie, arithmétique et musique, je t'en donnai quelque goût quand tu étois encore petit en l'âge de cinq à six ans. Poursuis le reste, et apprends tous les canons d'astronomie. Laisse-moi l'astronomie divinatrice (judiciaire) et l'art de Lullius, comme abus et vanités. Du droit civil, je veux que tu saches par cœur les beaux textes, et les confères avec philosophie.

« Quant à la connaissance des faits de nature, je veux que tu t'y adonnes curieusement; qu'il n'y ait mer, rivière ni fontaine dont tu ne connaisses les poissons. Tous les oiseaux de l'air, tous les arbres, arbustes (fructices) arbrisseaux des forêts, tous les métaux cachés au ventre des abymes, les pierreries de l'orient et du midy, que rien ne te soit inconnu.

« Puis revisite soigneusement les livres des médecins grecs, arabes et latins, sans mépriser les thalmudistes et cabalistes, et par de fréquentes anatomies, acquiers parfaite connoissance de l'autre monde, qui est l'homme.

« Mais commence les heures du jour par visiter les saintes lettres. Premièrement, le Nouveau-Testament en grec, puis en hébreu le Vieux-Testament. En somme, que je voie un abyme de science; car doresenavant que tu deviens homme et te fais grand, il te faudra sortir de cette tranquillité et repos d'étude pour apprendre la chevalerie et les armes, afin de deffendre ma maison, secourir nos amis en toutes leurs affaires contre les assauts des malveillants, et je veux que le plus promptement possible (de brief) tu essaies combien tu as profité, ce que tu ne pourras connoître qu'en tenant conclusions en toutes sciences, publiquement envers et contre tous.

« Mais parce que, selon le sage Salomon, sapience n'entre point en âme malveillante, et science sans conscience n'est que ruine de l'âme, il te convient servir, aimer et craindre Dieu, mettre en lui toutes tes pensées, tout ton espoir, et par foi formée de charité, être adjoint à lui, en sorte que jamais tu n'en sois désemparé par le péché. Aye suspects les abus du monde. Ne mets ton cœur à vanité, car cette vie est transitoire, mais la parole de Dieu demeure éternellement. Sois serviable à tous tes prochains et les aime comme toi-même. Révère tes précepteurs; fuis la compagnie des gens auxquels tu ne veux point ressembler; et quant aux grâces que Dieu t'a données, ne les reçois pas en vain. Quand tu connoîtras posséder tout le savoir qui se peut acquérir, retourne vers moi, afin que je te voie et te donne ma bénédiction devant que de mourir.

« Mon fils, la paix et grâce de notre Seigneur soit avec toi; amen.

D'Utopie, ce 17ᵉ jour du mois de mars.

« Ton père GARGANTUA. » (1)

A la signature près qui rejette en pleine bouffonnerie, cette lettre admirablement écrite, d'une élévation de pensée et de style dont peu de lecteurs, sans doute, croyaient Rabelais capable, présente encore cela d'intéressant, qu'elle expose vraisemblablement la plupart des connaissances que l'auteur lui-même possédait, et toutes celles qu'il jugeait nécessaire d'acquérir pour avoir une éducation et une instruction complètes.

Il faut surtout remarquer le passage relatif à l'étude des langues classiques, et à la supériorité qu'il attribue à la grecque. Il y revient deux fois. « *La langue grecque*, dit-il d'abord, *sans laquelle c'est honte qu'une personne se dise savant.* » Puis il ajoute bientôt après : « *J'entends et veux que tu formes ton style, quant à la langue grecque, à l'imitation de Platon ; quant à la latine, de Cicéron.* » Ces paroles, l'édition que Rabelais donna des aphorismes d'Hippocrate (2), les nombreuses allusions qu'il fait aux écrits des poëtes et philosophes grecs, ses imitations fréquentes des pensées de Platon et des plaisanteries de Lucien, le témoignage du savant helléniste Guillaume Budé, et plus encore, le style énergique, simple, clair et toujours figuré de Rabelais, prouve qu'il avait fait, autant par goût que par devoir, une étude approfondie de la littérature grecque.

Pendant le cours du xvᵉ siècle, lorsque toute l'Europe, mais l'Italie plus particulièrement, travaillait avec tant d'ardeur et d'enthousiasme à ranimer le flambeau des connaissances humaines, la littérature grecque et les ouvrages de Platon surtout, devinrent

____

(1) Pantagruel, liv. II, chap. 8.

(2) Voici les titres et les dates des éditions de quelques ouvrages d'Hippocrate et de Galien, données par Rabalais : « *Hippocratis ac Galeni libri aliquot, etc., Lugduni, Griphius*, 1532, in-16. »—*Ibid.*, réimprimé sous le titre de « *Aphorismorum Hippocratis sectiones septem, ex Rabelœsi recognitione*, etc., in-16, 1543. »

l'objet d'un studieux fanatisme. Les Chrysoloras, les Chalcondyle, les Arguropyles, les Lascari, les Marsile Ficin et les Politien répandirent non seulement la connaissance de la langue grecque, mais réunirent leurs efforts pour enseigner et mettre en honneur les ouvrages et la philosophie de Platon. D'Italie, le goût de ces études passa bientôt après en France; et, outre les grands hellénistes Guillaume Budé et Henry Étienne, dont les immortels travaux devaient faire croire que la langue grecque ne cesserait pas d'être cultivée avec la même ardeur en France à compter de ces premiers efforts, André et Jean Lascari avaient été à deux époques différentes attirés dans notre pays, par Louis XII et François Ier.

La langue, la littérature et la philosophie grecques étaient donc l'objet des études de tous les hommes appelés à obtenir quelque supériorité dans les sciences et dans les lettres. Aussi le grec devint-il momentanément la langue savante au moyen de laquelle on croyait pouvoir pénétrer les secrets les plus cachés de la philosophie ; le style des écrivains grecs fut donc le point de mire de tous les auteurs français, ce qui entraîna même quelques-uns des plus habiles d'entre eux, Ronsard par exemple, à fausser l'idiome national.

Le latin perdit alors quelque peu de son importance, non qu'on ne l'enseignât et qu'on ne l'apprît habituellement avec soin, puisqu'alors tout savant, tout lettré, était obligé de savoir le lire, le parler et l'écrire. Mais par cela même qu'il agissait encore comme le fantôme d'une langue vivante et que l'on s'en servait pour la rédaction des actes publics, ainsi que dans les universités et les écoles ; on ne lui portait pas ce même respect fanatique qu'inspirait au contraire cette langue grecque, retrouvée seulement depuis un siècle et demi, ainsi que tous les auteurs qui l'avaient maniée et où l'on se flattait de trouver le dernier mot de toutes les vérités à connaître.

Rabelais étudia et écrivit sous cette influence ; cela devient évident par le passage de la lettre de Gargantua à son fils, et plus encore par la lecture attentive des ouvrages de l'auteur de *Pantagruel*. Je suppose que les nombreuses citations que j'ai déjà faites, suffiront au lecteur pour que je puisse caractériser d'une manière générale le goût, le style et la philosophie de Rabelais, sans apporter de nouveaux exemples.

Je dirai donc, sans prétendre diminuer le moins du monde

l'originalité si franche du talent de Rabelais, qu'il est impossible de ne pas reconnaître qu'il a été mené à la perfection qui lui est propre, par les écrits de quatre philosophes grecs que ses goûts de lettré et sa profession de médecin lui firent étudier : l'impie et satirique Lucien, Platon le plus élevé et le plus amusant des écrivains, et enfin Hippocrate et Galien qui ont considéré l'homme sous le rapport physique et matériel. Le spiritualisme d'Hippocrate est peu prononcé, le matérialisme de Galien constant ; Lucien est décidément athée, et si Rabelais prenait grand plaisir à la partie littéraire et dramatique des délicieux dialogues de Platon, il est permis de croire que cet esprit essentiellement railleur et dénigrant, n'a pas consenti intérieurement à élever l'âme humaine si haut que l'a fait aller le philosophe grec. Les livres des deux médecins et les études sur l'homme vivant, malade et mort, durent donc servir de base à ses opinions philosophiques. Dans Lucien il trouva des cadres heureux, une satire tout à la fois ingénieuse, âcre et mordante, qui se prêtait merveilleusement à exciter sa verve comique et sa fantaisie pleine d'obscénité ; puis enfin il trouvait en Platon un écrivain dont le talent, ductile comme son esprit, appropriait son style à tous les genres, traitait toute espèce de sujets avec bonheur, faisait parler naturellement les personnages selon leur âge, leur rang ; qui conte dans la perfection ; qui se fait toujours lire par le charme inhérent à sa parole, bien que l'on n'admette pas ses idées ; varié de ton, se montrant gai et gracieux même en traitant les sujets les plus élevés et les plus graves ; enfin possédant ce charme indéfinissable d'élocution qui fait qu'on est toujours satisfait d'écouter quoi qu'on vous dise. Ces qualités du grand poëte philosophe de la Grèce, notre Rabelais les possédait et il les aurait déployées dans tout leur éclat, si une infirmité d'esprit, un tic d'obscénité et d'ignobles bouffonneries, ne lui eussent pas fait souiller constamment les plus belles parties de ses ouvrages, par des ordures qui sont causes que personne ne lit son livre. En étudiant les compositions de Rabelais, on devient chagrin comme lorsque l'on voit une belle personne dont le visage commence à être envahi par une dartre vive. La juxtaposition du laid sur le beau, le mélange du bon et du mauvais attriste, décourage, désole, et l'on s'en prend parfois au ciel qui a départi tant de talent à un homme entraîné si souvent à en faire un détestable usage.

Mais si l'on repousse souvent l'homme en Rabelais, comme

l'écrivain vous reprend et vous entraîne de force ! Par quelle puissance de talent il vous contraint à recevoir celles de ses idées qui vous répugnent davantage ! Il se rend maître absolu de son lecteur.

Considéré sous ce point de vue, il est évidemment un brillant disciple de l'école littéraire de Platon, et pour retrouver dans un autre écrivain français les mêmes qualités, mais unies cette fois avec le goût du beau et la morale la plus pure, il faut aller jusqu'à Blaise Pascal, le prosateur le plus attique que je connaisse parmi les grands écrivains du siècle de Louis XIII et de Louis XIV.

Cette impulsion d'origine grecque, donnée au français par l'auteur de *Pantagruel*, se ralentit presque aussitôt qu'elle eut été communiquée. C'était peu d'être helléniste si l'on n'avait pas le génie de sa langue maternelle ; et Ronsard a bien prouvé qu'avec des idées vraiment poétiques, de l'enthousiasme, de la verve et un grand talent, on peut, faute de sentir la valeur des idiotismes du langage vulgaire, du parler des nourrices et des patois d'une contrée, substituer un jargon scientifique inintelligible, au parler que les mœurs, les habitudes et un long usage ont façonné dans un pays.

Marot, continuateur de Villon, remarquable par quelques pièces de vers élégants, d'un genre très-tempéré, n'a rien fait pour donner à la langue française l'énergie, la majesté, les tours variés et la précision qui lui manquaient avant que Rabelais eût écrit.

Parmi les prosateurs, qui suivirent ce dernier, il en est plusieurs qui se recommandent par leur mérite éminent, comme philosophes, comme historiens, comme publicistes. La masse d'idées justes, nouvelles et profondes qu'ils ont lancées dans l'atmosphère intellectuelle de leur temps, leur donne des droits à la reconnaissance des hommes : mais, comme écrivains, je les estime tous inférieurs à Rabelais. Loin de se rattacher aux principes de l'école littéraire grecque, la plupart d'entre eux ont même, au contraire, fondé celle qui devait prévaloir en France, la latine, celle que les livres de Quintilien ont mise en vogue chez nous.

Ainsi, bien qu'Amyot soit infiniment supérieur à Marot, comme celui-ci, l'évêque d'Auxerre manque d'énergie et de précision. Ses phrases longues, surchargées d'incises, ne laissent circuler la pensée qu'avec peine et lenteur. Son principal mérite est sans doute d'avoir introduit le nombre dans notre prose, tout en la rendant plus majestueuse ; mais ce dernier avantage se trouve quelque peu diminué dans ses écrits, par le ton trop égal, par un certain *style soutenu* comme on l'a désigné depuis, dont il est fort présumable qu'Amyot a fait la découverte plutôt en étudiant Cicéron qu'en traduisant Plutarque. Aussi le regardé-je comme un de ceux qui ont trahi l'école grecque pour suivre la latine.

Un homme d'un grand talent, c'est Calvin l'hérésiarque. Plus que tout autre peut-être, il a remplacé l'allure inégale et sautillante que la langue française avait conservée jusqu'au temps des successeurs de Villon, par une élocution grave et pleine de grandeur, mais que sa monotonie me fait cependant rattacher au genre de l'école cicéronienne ou latine.

Comme écrivain, Jean Bodin est tout à fait nul. S'il ne manque pas d'une certaine précision, il est toujours sec et vulgaire. Toutefois, ce publiciste si remarquable, étant le premier qui ait traité des lois et de la politique des états en français, il faut lui tenir compte de la langue spéciale qu'il s'est faite. En admettant donc les deux catégories que j'ai établies, je pense qu'il est naturel de placer l'auteur de *la République* parmi les adeptes de l'école latine, quand on le considère comme écrivain, bien qu'il soit juste de dire qu'il relève de l'école grecque, si l'on tient compte du point de vue élevé, philosophique, vrai et fertile en conséquences variées, d'où il a envisagé la politique des états.

Le goût grec me semble fortement empreint dans un livre qui se rattache également à l'histoire de notre pays et à celle de la littérature française, la *Satire Ménippée* (1). Dans cet ouvrage fort sérieux quant au fond, et souvent léger et badin dans la forme, on trouve, comme dans le roman de Rabelais et les *Provinciales* de Pascal dont il est la nuance intermédiaire, cette force de pensée et de raisonnement qui laisse à l'auteur la faculté de traiter son sujet avec une liberté d'esprit et d'imagination telle, qu'il emploie toutes les figures, toutes les images, toutes les expressions propres à faire ressortir sa pensée, sans s'inquiéter de savoir s'il résultera de là une harangue solennelle, un discours en style soutenu ou tel autre morceau appartenant à un genre consacré. On reconnaît à ce signe, la manière si vraie, si originale d'Homère, d'Hérodote et surtout de Platon qui, tout en traitant les matières les plus élevées el les plus graves, ne manque jamais les occasions que lui offre son sujet, d'être gracieux, gai, bouffon même s'il le faut, ne crai-

____

(1) Les auteurs de ce livre sont Pierre Pithou, Rapin, Pierre Leroy, Florent Chrétien, Jacques Gillot et Passerat.

gnant point de compromettre sa dignité, mais se montrant sans cesse attentif à soutenir agréablement l'attention de son lecteur. « On ne s'imagine d'ordinaire Platon et Aristote, a dit Pascal, qu'avec de grandes robes et comme des personnages toujours graves et sérieux ; c'étaient d'honnêtes gens qui riaient comme les autres avec leurs amis. » On pourrait même ajouter que, dans ses ouvrages, Platon surtout a souvent écrit ses livres comme si c'eût été une conversation qu'il avait avec ses amis. Et je ferai observer que c'est la manière de Pascal lui-même, celui de tous nos écrivains français qui a donné l'idée la plus juste du charme, de la force, de l'élévation et de la variété qu'offre la prose de l'auteur du *Phédon* et du *Banquet*.

Je rappellerai ici le souvenir d'un des savants les plus remarquables de la France, de Henri Étienne, dont l'admirable ouvrage, *Le Trésor de la Langue grecque*, prouverait à lui seul l'importance que l'on attachait en ce temps à l'étude de cet idiome, si ce même savant, habile écrivain en français, n'eût pas encore composé un *Traité des conformités du français et du grec*. Cette dernière langue, ainsi que je l'ai dit, et comme les travaux littéraires et grammaticaux de cette époque le prouvent, était alors la langue par excellence, celle sur laquelle reposait l'exercice de toutes les facultés intellectuelles. Peut-être trouve-t-on aujourd'hui que ce goût fut porté jusqu'à l'engouement ; mais alors les Guillaume Budé, les Rabelais, les Henri Étienne, dont cependant je ne veux pas éloigner totalement Ronsard, regardaient les compositions, le style et la phraséologie des Grecs comme les bases les plus solides pour former le jugement et l'esprit, et de plus, comme ce qui s'adaptait le mieux avec l'esprit et la langue des Français. Cette opinion, justifiée fort souvent par les bons morceaux de Rabelais, par la prose d'Amyot, a été soutenue scientifiquement par Henry Étienne ; j'avoue que je la crois tout à fait raisonnable, et qu'elle eût même prévalu en France si le poëte Ronsard, en l'outrant, ne l'eût pas rendue ridicule. Le secours que Rabelais et Henri Étienne voulaient que l'on tirât de la langue grecque pour affermir et perfectionner la française, se trouve *bien plus dans les idiotismes* et les tournures du grec que dans les mots ; or, ce fut l'erreur de Ronsard de vouloir renouveler le dictionnaire de notre langue, et j'attribue, en grande partie, à cette fatale idée la négligence envers la littérature grecque à compter de Henri IV, et l'engouement exclusif qu'en France on montra depuis pour les Latins.

Après avoir nommé les principaux écrivains du xvie siècle, je paraîtrais impardonnable si je n'inscrivais pas ici le nom de Michel de Montaigne. Ce n'est certes pas que je ne me plaise extrêmement à le lire, mais le plaisir que me procurent ses écrits, ressemble tout à fait à celui que j'éprouve en lisant les lettres d'une femme spirituelle, peu savante, mais ayant le don de l'observation, et écrivant sous sa propre dictée, sans but, sans plan, en un mot, sans art. On aurait tort d'interpréter à mal ce que je vais dire, mais, comparé aux auteurs de la *Satire Ménippée*, à Amyot, et surtout à Rabelais, Michel de Montaigne n'est pas un écrivain. Ce n'est pas un écrivain, en ce sens qu'il n'a pas fait faire de progrès à la langue qu'il a maniée depuis son prédécesseur Rabelais. Chez ce dernier, la phrase est correcte, divisée en parties qui se suivent et se coordonnent. La pensée principale y est toujours bien évidente, relevée constamment par une expression forte, pittoresque et brillante; ses tours sont variés à l'infini; loin de se laisser aller à la paresse de reproduire plusieurs fois la même forme de langage, il est ingénieux jusqu'à la coquetterie, pour donner une nouvelle parure à sa pensée. Mais c'est peu de l'observer tournant et retournant les phrases de mille manières, il faut le suivre quand il multiplie ses épithètes pour orner son discours, comme un amant riche et prodigue couvrirait de bijoux de toute forme et de toute couleur, l'idole de son âme. Comme Benvenuto Cellini, Rabelais est un artiste dont l'ensemble de la composition pèche souvent par la bizarrerie des détails; mais comme les détails sont riches, précieux et admirablement mis en œuvre! comme cette littérature parfois guillochée qui se trouve dans le *Pantagruel*, est achevée avec soin et amour! comme on sent que l'écrivain est artiste, touche et pèse en quelque sorte chacun des mots qu'il veut employer! Dans le livre de Rabelais, il y a un art excessif, mais admirable.

Rien de semblable ne se trouve dans les écrits de Michel de Montaigne; c'est pour cette raison que je n'en parlerai pas plus longuement ici; mais ceux de mes lecteurs qui ont bien suivi mon idée, pourront, en lisant comparativement les morceaux de Rabelais que j'ai cités et quelques passages des *Provinciales* de Pascal, s'assurer qu'il y a entre ces deux écrivains un art qui leur est commun, celui qu'ils tenaient de Platon, mais que Michel de Montaigne n'a pas même soupçonné.

Les doctrines littéraires grecques, venues d'Italie en France, ne firent donc qu'apparaître et mourir dans notre pays. Rabelais s'en

était servi pour constituer et régulariser notre langue; Henri
Étienne s'efforça de les enraciner chez nous en en faisant la base
des études classiques; mais Ronsard, dont « la muse, en français
parlait grec et latin, » comme a dit Boileau, ruina, au moment
qu'on les jetait, les fondements de l'édifice. A partir de ce moment,
les destinées de la langue et de la littérature françaises changèrent;
Cicéron l'emporta sur Platon, le latin sur le grec.

Si cependant, après les héroïques efforts de la Grèce pour repousser l'invasion des Perses, cette nation, au lieu d'éprouver un
affreux revers en Sicile, se fût emparée de cette île, de là eût été
conquérir la portion de l'Italie qui y touche; si les Hellènes, une
fois victorieux dans la grande Grèce, eussent assez solidement
établi leur pouvoir sur cette contrée, pour se mesurer avec les
Romains, les repousser d'abord, les attaquer ensuite, les vaincre,
les soumettre, et, de concert avec les Étrusques dont la civilisation se rapportait à la leur, étouffer dans son principe ce courage féroce, naturel aux Romains; si la Grèce, redoutable au dehors par ses armes, et devenue plus unie et plus puissante sur son
territoire, loin de se laisser vaincre par Alexandre et les Romains,
les eût subjugués au contraire, et eût imposé au monde sa civilisation, ses lois et sa langue, on imagine comment tout ce qui s'est
fait dans le monde, depuis les Gracques jusqu'au temps d'Auguste
et de Tibère, modifié par l'influence de l'esprit grec, eût pu apporter de différence dans le résultat de la conquête, dans la nature
et l'application des lois, et surtout dans la culture de l'esprit. Qui
sait si le christianisme, prêché alors au milieu de populations
façonnées par le souvenir de la vie de Socrate, et imbues des écrits
de Platon, naturellement portées à la bienveillance et à l'humanité et aimant singulièrement le beau; qui peut affirmer qu'avec
de telles conditions le christianisme ne se fût pas établi sans effu-
sion de sang, et par l'attrait seul qu'eût offert sa doctrine à des
peuples que la culture grecque aurait préparés ? La langue grecque
alors serait devenue l'idiome religieux, on eût célébré la messe en
grec, et cette belle langue et sa littérature serviraient aujourd'hui
de fondement aux études dans toutes les universités d'Europe. Mais
la prépondérance de l'église latine transmit une autorité invin-
cible à sa langue. Toutes les nations catholiques l'adoptèrent, et,
l'exemple le prouve encore, c'est chez celles qui se rattachent le
plus immédiatement au siége apostolique, qu'elle est cultivée avec
le plus de soin, parce que c'est la langue du clergé, lequel en

transmet l'usage par les prières, et l'enseigne avec amour dans ses écoles.

La langue grecque ne put donc s'acclimater dans notre Occident, parce qu'elle n'avait été introduite que par l'érudition. Aussi ne s'y maintient-elle que comme une plante exotique, à la faveur d'une chaleur artificielle. Le latin, au contraire, la langue sacrée, religieuse, l'idiome répété dans les prières par ceux mêmes qui ne le comprennent pas, le latin fut longtemps pour l'Europe la seule langue au moyen de laquelle toutes les transactions intellectuelles s'accomplissaient. Religion, poésie, philosophie, sciences, arts, diplomatie, tout se traitait en latin, et la force de cet usage fut tel, qu'après avoir été général depuis le ixe siècle jusqu'au xviie, il subsiste encore, tout affaibli qu'il soit, dans les grandes universités d'Europe.

Soit donc que l'on considère l'étude du grec comme cause ou comme effet, il est certain que tous les hommes de la renaissance qui, depuis Boccace jusqu'à Rabelais, se sont efforcés de remettre la langue et la littérature grecques en honneur, étaient en général assez peu favorablement disposés envers le catholicisme. J'en alléguerai pour preuve, non seulement les nombreuses épigrammes de Boccace contre les papes, mais les diatribes si fortes auxquelles se livra le pieux Pétrarque lui-même contre la cour d'Avignon. Avant eux, les savants et les beaux esprits de la cour de Laurent-le-Magnifique, avaient opposé et mêlé au christianisme la philosophie de Platon. Plus tard, et lorsque les Grecs, chassés de Constantinople en 1453 par Mahomet II, vinrent encore réchauffer en Italie, et bientôt en Allemagne et en France, l'ardeur que l'on avait pour l'étude de la littérature de leur pays, on vit bientôt après tous les hommes éminents par leur savoir se livrer à cette connaissance nouvelle, dont l'engouement fut aussi fort que celui du luthéranisme avec lequel il se combina. Deux sectaires fameux, Melanchton et OEcolampade, traduisirent leurs noms allemands en grec; et en France, Guillaume Budé écrivit à ses amis un recueil de lettres en cette langue.

Rabelais, dans son *Pantagruel*, non seulement recommandait d'étudier la littérature grecque, comme on l'a vu, mais faisait une application merveilleuse de ce qu'il y avait appris lui-même, pour infuser dans le français tous les idiotismes et les mots grecs qui pouvaient enrichir notre langue sans l'altérer. Amyot ne craignit pas, tout évêque qu'il dût être, de traduire le roman de Longus en français ; Henri Étienne fit un travail technique de la plus haute importance, pour démontrer la conformité si frappante en effet, du langage français avec le grec. Puis vient enfin Ronsard, qui, par son ardeur inconsidérée et sa gréco-manie, dépassa le but montré par Rabelais, et fit reconnaître à tous les esprits, que, si habiles que puissent devenir des érudits, ils n'ont jamais assez de puissance sur une nation pour suppléer par la science et l'esprit, à ce que transmettent si abondamment les habitudes, les traditions et les croyances religieuses.

Dans l'ouvrage de Henri Etienne, que je viens de citer, ce savant, emporté par son zèle du grec, dit que, pour bien savoir cette langue, le seul moyen est de l'apprendre avant le latin ; ce qui est très-vrai. Mais si l'illustre grammairien eût voulu donner à sa proposition une formule plus étendue et plus philosophique, il fallait alors qu'il osât dire qu'avant tout, on ferait réciter aux enfants en bas âge l'*Oraison Dominicale* et l'*Ave Maria* en grec. Or, c'était une hérésie.

Je ne puis qu'indiquer ici ce grand obstacle à l'étude de la langue grecque considérée comme base d'éducation et d'instruction dans les pays catholiques ; mais ce que j'en ai dit suffira, sans doute, pour rendre évident à tous que la grande ombre de Rome antique nous couvre encore ; que nos lois, nos usages, nos arts et notre langue subissent forcément le joug de son éternelle puissance ; on reconnaîtra que, malgré l'admirable talent avec lequel Rabelais a su marier ce qu'il y a de si original dans nos vieux dialectes avec les nombreux idiotismes si souvent conformes des deux langues grecque et française, cependant la gravité du catholicisme, qui s'accorde si bien avec celle du latin, a dû faire préférer la *Vulgate* à la version des *Septante*, l'*Enéide* à l'*Iliade*, les *Offices* de l'avocat-consul de Rome aux *Dialogues* du gracieux Platon, comme, en architecture, on préféra la basilique de Trajan au Parthénon. Là, est renfermé tout le secret de la civilisation de l'Europe moderne, tiraillée sans cesse par le goût qui la porte vers l'esprit grec, et la tradition religieuse qui la ramène impérieusement sous le joug latin.

Je ne m'excuserai pas de la longueur de cette digression sur le grec, car je l'ai jugée indispensable. Au milieu des érudits du XVIe siècle, Rabelais, qui n'était pas le moins savant d'entre eux, se distingue par l'admirable emploi qu'il a fait de la philologie.

Versé dans la connaissance des langues classiques, et ayant usé dès l'enfance de tous les dialectes de la France, ce grand écrivain me paraît être celui qui le premier a soumis notre langue aux lois régulières d'une syntaxe, tout en lui laissant d'ailleurs cette allure qui lui est propre, ses *locutions gauloises*, ses idiotismes inexplicables pour les grammairiens, mais si favorables au développement complet de la pensée. En outre, l'auteur de *Pantagruel* est le premier Français qui, sans renoncer à ce langage familier, ironique et grivois, qui caractérise les compositions narratives des trouvères, a su coordonner dans ses écrits tous les modes d'élocution, depuis les phrases proverbiales et le jargon populaire, jusqu'à l'éloquence la plus sévère et la plus élevée. Molière, lui-même, n'a pas eu des intentions plus comiques et un style plus nerveux et plus piquant que Rabelais, soit que celui-ci introduise Janotus de Bragmardo (1) pour se moquer des pédants, qui lardaient leurs phrases françaises de mots latins ; soit qu'il fasse parler cet écolier limousin qui, selon la mode du temps, jargonnait en latin francisé (2); ou s'il tourne en ridicule la fureur qu'ont les conquérants de courir le monde et de combattre sans raison, comme il nous peint Picrochole (3). Le personnage de Panurge et celui du moine Jean des Entomyres sont des créations pleines de vie et de puissance, et il n'y a pas une des professions de la vie humaine qui ne soit passée en revue, appréciée et jugée avec une supériorité de vue remarquable par ce philosophe satirique.

Dans le genre tempéré, je citerai les seize lettres qui nous restent de lui ; lettres dans lesquelles non-seulement on ne trouve pas un seul des mots inconvenants si fréquents dans son *Pantagruel*, mais où Rabelais se montre homme poli, bien élevé, observant les convenances du monde, et, ce à quoi on ne s'attend guère, habile aux affaires, suivant la marche des événements politiques à Rome, et donnant en France des renseignements diplomatiques à M. de Maillezais. J'ajouterai que ces lettres, dont le fond offre parfois tant d'intérêt, ne sont pas moins remarquables par la forme, puisqu'elles ont cela de particulier qu'on y chercherait vainement une figure, une image, ou tout autre artifice du style poétique, dont Rabelais ne cesse jamais de faire usage dans tout le cours de son roman.

---

(1) Gargantua, liv. Ier, chap. 19. — (2) Pantagruel, liv. II, chap. 6.
(3) Gargantua, *passim*, liv. Ier.

Cet homme avait donc la qualité principale qui constitue le grand écrivain : un tact exquis, cette fleur de bon goût qui avertit quel est le mode qu'il convient d'employer pour chaque sujet. Considéré sous ce rapport, et en écartant les abus qu'il a faits de son talent, Rabelais est un écrivain admirable par la variété de son style, toujours si bien approprié aux choses dont il parle, aux personnages qu'il met en scène.

Mais quelque recommandable que soit l'élégante simplicité de ses lettres, et si abondante que paraisse la verve satirique et grivoise avec laquelle il fait parler son Panurge, ses moines, ses paysans et ses diseurs de quolibets, ces deux modes de l'art d'écrire avaient été déjà mis en usage en français avant lui. Les fabliaux des trouvères, ainsi que la seconde partie du *Roman de la Rose,* la farce de Pathelin et les poésies de Villon, avaient pu lui servir de modèle. Il surpassa de beaucoup ses maîtres, sans aucun doute ; mais enfin ceux-ci lui montrèrent que le français s'était prêté assez facilement à l'élocution simple, ainsi qu'à la comédie et à la satire poussée jusqu'au cynisme. Mais ce qui n'avait pas été tenté jusque là, et que Rabelais réalisa merveilleusement, ce fut de donner à la langue française une gravité et une élévation sans emphase, qu'elle ne paraissait pas susceptible de recevoir. Les passages de ce genre, dans le roman de Rabelais, sont malheureusement bien moins communs que les ignobles ordures dont il a sali presque toutes ses pages, mais ils suffisent cependant à prouver que ce que j'avance est vrai, et je pense que la lecture que l'on a faite de la lettre de Gargantua à son fils Pantagruel, dissipera tous les doutes sur ce sujet.

Ce morceau est d'autant plus remarquable qu'il est entièrement le résultat de la volonté et du talent de l'auteur. Au fond cette lettre est ironique, puisque le personnage qui est censé l'avoir écrite est fabuleux, et que la plupart des leçons de religion et de morale que Gargantua donne à son fils n'étaient rien moins que pratiquées par l'auteur. Cette lettre est donc un pur jeu d'esprit, une harangue faite à plaisir, une œuvre d'art enfin ; mais quel art ! quel beau et noble langage ! et comme la sévérité du sujet est heureusement tempérée par la grâce et la variété du discours. En joignant à ce morceau parfait, dans le genre élevé, les traits si spirituels et si piquants des préfaces de Rabelais que j'ai transcrits, on y trouve déjà tous les éléments réunis de cette belle prose dont Platon avait fourni le modèle et que Blaise Pascal seul, chez nous, a reproduite pure dans ses immortelles *Provinciales*.

Mais ces efforts tentés en France, n'ont jamais été qu'instantanés et personnels. Parmi les hommes que leur génie a poussés naturellement dans cette voie, on ne peut guère citer que Rabelais, Pascal, La Fontaine, Molière et Fénelon. Quant aux autres grands écrivains de notre pays, les uns par la gravité de leurs fonctions, les autres par goût naturel, se sont rangés sous la bannière latine. Dans les ouvrages des premiers, le tour de la phrase et les sujets dont ils traitent sont ordinairement très-variés; en les lisant, on rit on pleure, on pense, ou rêve tour à tour, et l'imagination est toujours diversement excitée. Il n'est pas jusqu'à l'emploi heureux des expressions les plus ordinaires, qui, relevées par des pensées pleines de profondeur ou d'élévation, ne donnent une vigueur nouvelle à l'esprit du lecteur. En lisant les *Provinciales* de Pascal, par exemple, on parcourt sans peine toutes les modifications de la pensée humaine, et l'appareil de la langue y est entièrement déployé. Le début de ce livre est digne de Molière, et la fin ne le cède pas aux plus beaux passages de Bossuet; or, c'est cet art, ce secret que Rabelais a surpris chez les Grecs et qu'il nous a fait connaître.

Je ne parle pas de Bossuet; il s'élève unique et demeure incomparable; mais, tout en rendant le juste tribut d'admiration dû, selon les mérites, à des écrivains tels que Corneille, Racine, Boileau, La Bruyère, Fléchier, Bourdaloue, Mascaron, Daguesseau, La Rochefoucauld et Massillon, ils représentent à mon esprit l'école gallo-latine. L'impression totale qui résulte de la lecture de leurs ouvrages est analogue à celle que produisent les écrits que nous a légués l'ancienne Rome, compositions qui, si l'on en excepte celles de Lucrèce, de Plaute, de Catulle et d'Horace, disciples de la Grèce, sont empreintes d'un caractère permanent de gravité dans la pensée comme dans l'expression, gravité commandée par le choix des sujets, par le caractère fier et morose de la nation, et par la morgue majestueuse des hauts personnages à qui les écrivains latins se sont efforcés de plaire depuis César.

A Rome ainsi qu'en France, la haute littérature n'a jamais été populaire. Chez ces deux peuples, les écrivains n'ont travaillé que pour les empereurs, les rois et leurs cours. Aussi depuis César chez les Romains, comme depuis Louis XIII en France, époques où les deux langues ont été fixées, a-t-on habituellement subordonné le choix des sujets, des pensées et des mots même, au goût des gens de cour. De là s'est formé, à Rome et à Paris, ce langage grave, solennel, ce *style soutenu* enfin qui rejette et proscrit des séries entières de pensées, de phrases et d'expressions, dont le reste de la nation fait cependant usage.

Dans Plaute et Lucrèce, dans Rabelais et Pascal, on trouve toutes les modifications de la pensée, ainsi que les tournures et les mots qui les expriment en latin et en français. Mais si, par une circonstance invraisemblable, il ne restait des livres écrits en ces deux langues que ceux de Tite-Live et de Virgile d'un côté, et ceux de Fléchier, de Racine et même de Bossuet de l'autre, on serait bien embarrassé de savoir comment les Latins et les Français demandaient à boire et à manger, s'ils plaisantaient parfois entre eux, et de quelles paroles ils se servaient pour s'entretenir sur les choses ordinaires de la vie, sur les hautes sciences, sur les arts et sur mille sujets variés, dont l'homme, dans tous les pays, s'occupe sans cesse.

Sous ce rapport, l'école littéraire que Rabelais a fondée chez nous, me paraît avoir une supériorité d'autant plus marquée, que Pascal et La Fontaine l'ont rendue incontestable un siècle après, par leurs écrits. Sans Rabelais, sans les efforts que cet homme a faits pour conserver ce qui restait de la vieille langue *gauloise,* et le réunir en le régularisant, avec ce qui s'y trouvait de conforme à la belle langue et à l'esprit encyclopédique des Grecs, on eût exclusivement suivi en France la doctrine de l'école si grave et tant soit peu monotone des Latins. Notre littérature serait sans doute bien riche encore, mais peut-être n'aurions-nous pas La Fontaine, Molière ni Pascal.

Je ne crois donc pas m'être mépris en présentant l'auteur de *Pantagruel,* comme le tronc qui a lié en faisceau les nombreuses racines éparses de la langue française, et d'où s'est élevé l'immense feuillage qui s'agrandit encore aujourd'hui. Cet homme a constitué notre langue, puisque, non content de l'assujétir à une syntaxe régulière, par la nature de son esprit et par la variété de ses connaissances, il s'est trouvé propre à déterminer les différentes séries de mots applicables aux diverses connaissances humaines. En effet, rien ne lui est échappé : théologie, philosophie, morale, philologie, médecine, anatomie, astronomie, marine, guerre, alchimie, jeux, gymnastique, sans compter les dictons, les proverbes, les calembourgs et les jeux de mots, Rabelais a parlé de tout ; non qu'il possédât la science infuse, comme l'ont prétendu quelques-uns de ses admirateurs indiscrets, car il était plutôt érudit que savant, mais en apportant cette précision de langage naturelle aux hommes qui joignent à l'instinct du littérateur la connaissance des sciences physiques et de la philologie. Certes la France qui, depuis Pascal et Descartes, joue un rôle si important et si glorieux dans le monde scientifique, doit savoir gré à Rabelais de ce qu'il a marié de si bonne heure le langage technique à la littérature. Précurseur de Pascal, de Descartes, de Malebranche, de Fontenelle et de Buffon en ce genre, Rabelais, qui avait encore emprunté cette ressource à l'école grecque et surtout à Platon, fut le premier à introduire en France cette combinaison littéraire que les écrivains de l'école gallo-latine n'ont jamais favorablement accueillie, et qu'ils repoussent parfois encore aujourd'hui.

La gloire de Rabelais écrivain, est donc pure, grande et solide; en qualité de philologue et de linguiste, il tient une place honorable parmi les savants en ce genre qui ont vécu de son temps; mais, considéré comme homme et comme philosophe, beaucoup de bonnes qualités lui ont manqué, et il en a eu de fort mauvaises.

Il est évident que, sous le masque grotesque que l'on prête à Rabelais et dont il a pris tant de soin de se couvrir lui-même, il y a un homme sérieux. Or, c'est cet homme qu'il importe de connaître et de juger; car, si plaisante, si bouffonne que soit ou que paraisse être l'humeur des gens, au fond de l'âme, le mystère de la vie est toujours une préoccupation grave pour eux, et l'on peut en donner pour preuve que ceux qui font le plus rire les autres sont ordinairement tristes et moroses quand ils se replient sur eux-mêmes.

« *Diseurs de bons mots, mauvais caractères*, » a dit Pascal avec cette hardiesse qui fait passer par-dessus les exceptions pour arriver plus promptement au principe. Cette parole me paraît être tout à fait applicable à Rabelais, dont l'esprit exclusivement satirique ne s'est plu à faire ressortir de l'humanité que ses faiblesses, ses défauts et ses vices; et la seule idée d'avoir porté l'érudition dans le cynisme, suffiroit à mes yeux pour rabaisser le caractère de cet homme. Mais comme, à la rigueur, on peut encore prendre ces écarts pour les fantaisies de l'imagination d'un écrivain, je résumerai sommairement ce que j'ai fait connaître de la vie de Rabelais, pour apprécier sa conduite et tâcher de faire ressortir son véritable caractère.

Tout jeune, Rabelais entre dans un couvent de franciscains, y apprend le grec et le latin et reçoit les ordres de la prêtrise. Contrarié bientôt par les tracasseries de ses frères en religion , disposés à l'empêcher de se livrer à son goût pour les lettres profanes, il se lie avec des gens de qualité et du haut clergé, et, d'après leurs conseils, se décide à demander la permission de changer de couvent. Par l'entremise de ces protecteurs à qui l'esprit brillant et sarcastique du jeune moine plaisoit beaucoup, Rabelais obtient du pape Clément VII la permission de passer de l'ordre de saint François dans celui de saint Benoît, et il s'établit au monastère de Maillezais, dans l'évêché de Mgr. de Maillezais, qui selon toute apparence prit une part fort active à cette mutation, puisqu'il ne tarda pas à faire de Rabelais son commensal, son homme d'affaires, son bouffon.

Ici les détails manquent et l'on sait seulement que, Rabelais s'étant bientôt lassé de la règle des bénédictins comme de celle des franciscains, quitta l'habit de prêtre régulier pour se rendre à Montpellier, où il se fit recevoir docteur ; que, quelques années après, le cardinal Dubellay, étant envoyé à Rome par François Ier, il le prit à sa suite en qualité de son serviteur et de médecin, et selon toute apparence comme espion diplomatique. Cette suite d'aventures prouve jusqu'à l'évidence à quel point la discipline ecclésiastique était relâchée en France vers 1536, puisqu'on pouvait y faire assez impunément de telles infractions, et je soumets cette remarque au lecteur, parce qu'elle peut servir jusqu'à un certain point, d'excuse à Rabelais.

Mais c'est à compter de son séjour à Rome qu'il est impossible, non seulement d'excuser, mais même d'expliquer sa conduite : Je ne dirai pas qu'il fut mauvais prêtre, puisque ce seroit admettre qu'il avoit été une fois digne de l'ordination, mais j'affirmerai qu'en demandant son absolution à Paul III *pour cause d'apostasie*, il n'a agi ni en franc philosophe , ni en honnête homme, puisque après son retour en France, il écrivit et publia le ive livre de son Pantagruel, dans lequel, outre la satire violente qu'il fait des papes, de leur avarice et de leurs décrétales, il entasse les impiétés les plus révoltantes pour les catholiques (chap. 27, 28, 49, 50 et 51 du liv. iv) et pour toutes les sectes mêmes qui alors se retranchaient dans le christianisme primitif. Il résulte de la conduite de Rabelais, comme il nous l'apprend lui-même ainsi qu'on le verra bientôt, que, de son temps, on se formalisait peu de l'impiété, du scepticisme, du matérialisme même qu'exprimait un écrivain dans ses ouvrages, pourvu qu'il eût soin de s'abstenir des formules adoptées par les *hérétiques* et qu'il protestât ouvertement qu'il ne faisait pas cause commune avec eux. Or, rien n'est plus certain que l'indifférence complète dans laquelle cet homme est resté à l'égard des opinions de Luther et de Calvin, qui fondaient toute leur doctrine sur la foi la plus vive en la divinité de Jésus-Christ, puisque Rabelais n'a laissé échapper aucune occasion de se moquer dans son livre, des fondements de la religion chrétienne. Quant à cette dernière assertion que plus de cent passages des œuvres de Rabelais justifient, on en trouvera une preuve qui dispensera d'en chercher d'autres, dans le deuxième chapitre du livre II de Pantagruel, où l'auteur traite de la généalogie de son héros. Voltaire lui-même ne s'est pas permis des plaisanteries plus franchement impies en parlant des livres saints.

Mais ce qui achève de démontrer que Rabelais, ainsi qu'une partie très-importante et fort élevée de la société de son temps, formait déjà une secte philosophique à part, qui s'embarrassait aussi peu des doctrines du saint-siége que de celles des hérétiques luthériens ou calvinistes, ce sont plusieurs passages de l'épître dédicatoire adressée à monseigneur Odet, cardinal de Châtillon, et placée en tête de l'édition du IVᵉ livre de Pantagruel, donnée en 1552, par Rabelais. Voici comment l'auteur s'exprime en parlant à son protecteur :

« Vous êtes duement averti, prince très-illustre, de combien de grands personnages j'ai été et suis journellement stipulé, requis et importuné pour la continuation des mythologies pantagruéliques, tous alléguant que plusieurs gens langoureux et malades avoient, par la lecture d'icelles (mythologies), trompé leurs ennuis, passé le temps joyeusement, et reçu allégresse et consolation nouvelle. » Rabelais s'étend à ce sujet sur les devoirs du médecin envers les malades, et cite un passage d'Hippocrate, par lequel cet antique médecin prescrit toutes les précautions dont il faut user près des personnes que l'on assiste. Mais il arrive enfin au point principal de son épître, qui est de se plaindre des critiques que l'on faisait de son livre et de l'accusation d'hérésie dont les personnes religieuses le chargeaient. « Mais la calomnie de certains canibales, misanthropes, agélastes (ennemis du rire), dit-il, avoit été tant atroce et déraisonnée contre moi, qu'elle avoit vaincu ma patience, et plus n'étois délibéré en écrire un iota ; car les moindres contumélies (injures) dont ils usoient étoient que tels livres étoient tout farcis d'hérésie : toutefois n'en pouvoient exhiber une seule. De follâtries joyeuses sans offense de Dieu et du roi, prou (il y en a beaucoup), c'est le sujet et thême unique de ces livres ; mais d'hérésie, point.» A moins, ajoute-t-il, qu'en forçant le sens de mes paroles on n'interprète *pain* par *pierre*, *poisson* par *serpent*, *œuf* par *scorpion*, mais ce « dont me complaignant quelquefois en votre présence, je vous dis librement que si je ne m'estimois meilleur chrétien qu'ils ne le montrent être de leur part, et que si en ma vie, écrits, paroles, et même en certaines pensées, je reconnoissois aucune scintille (étincelle) d'hérésie, ils ne tomberoient pas si malheureusement dans les lacs de l'esprit calomniateur, *diabolos*, qui, par leur ministère, me suscite tel crime ; car par moi-même, et à l'exemple du phénix, seroit amassé le bois sec et allumé le feu, pour icelui me brûler. Alors vous me dites que le défunt roi François Ier, d'éternelle mémoire, avoit été averti de ces calomnies, et qu'ayant soigneusement ouï et entendu la lecture distincte de mes livres, par la voix du plus docte et fidèle anagnoste (lecteur) de ce royaume (je le dis parce que plusieurs m'en ont attribué de faux et d'infâmes), il n'avoit trouvé aucun passage suspect ; et qu'il avoit eu en horreur un certain mangeur de serpent (un moine) qui fondoit une mortelle hérésie sur une N mise pour une M par la faute et négligence des imprimeurs (1). Horreur qu'avoit aussi notre tant bon, tant vertueux et béni des cieux roi Henri II, lequel Dieu nous veuille longuement conserver ; de manière qu'il vous avoit octroyé pour moi privilége et particulière protection contre les calomniateurs. Depuis vous m'avez réitéré cet évangile (cette bonne nouvelle) à Paris, et de plus, lorsque naguère vous visitâtes monseigneur le cardinal Dubellay qui, pour recouvrement de santé, après longue maladie, s'étoit retiré à Saint-Maur, paradis de salubrité, aménité, sérénité, commodité, délices et tous honnêtes plaisirs d'agriculture et vie rustique. C'est la cause, Monseigneur, pourquoi présentement, hors toute intimidation, je mets la plume au vent, espérant que par votre bénigne faveur, vous me serez contre les calomniateurs comme

(1) Voyez à ce sujet, les 22e et 23e chapitres du IIIe livre de Pantagruel, dans lesquels le mot *Asne* est mis plusieurs fois au lieu d'*Asme*. Malgré ce que dit Rabelais au cardinal Odet de Châtillon, les éditeurs ont persévéré non sans raison, à perpétuer cette prétendue faute d'impression.

un second Hercule gaulois en savoir, prudence et éloquence, etc.

De Paris ce 28 de janvier.

« Votre très-humble et très-obéissant serviteur,
« François RABELAIS, *médecin.* »

Lorsque Rabelais a écrit cette lettre, il occupait la cure de Meudon, bénéfice qu'il avait obtenu par la faveur du cardinal Dubellay, et il était près de sa mort que l'on porte à l'année 1553.

Aussi la date de cette lettre la rend-elle curieuse. L'audace irréligieuse de ce vieux moine tour à tour défroqué, apostat, absout et relaps, s'y montre tout entière à l'abri du nom de ses protecteurs. Et, puisque j'ai indiqué les principales circonstances de la vie du cardinal Dubellay, il n'est pas moins à propos de dire ce qu'était Odet de Coligny, cardinal de Châtillon, archevêque de Toulouse et évêque de Beauvais. Malgré ses dignités ecclésiastiques, ce prêtre se laissa entraîner par l'exemple de sa famille et embrassa le calvinisme. Il se maria, fut privé de la pourpre et se retira enfin en Angleterre où il mourut empoisonné en 1571, par son valet de chambre. C'était d'ailleurs, comme l'indique sa liaison avec Rabelais, un homme fort spirituel, très-zélé pour les sciences, et philosophe sceptique ou épicurien, ainsi que la plus grande partie du haut clergé italien et français à cette époque.

Comme les compositions littéraires de Rabelais se recommandent bien plus par la richesse et la variété de son style que par le sujet même qu'il a choisi ou l'économie de sa fable, j'ai cru devoir attendre que l'on connût bien l'écrivain, avant de parler du romancier satyrique. J'avouerai aussi que malgré la bonne envie que l'on peut avoir de donner une analyse claire et succincte du *Gargantua* et du *Pantagruel*, la difficulté d'une telle entreprise me l'a fait retarder. Cependant pour tâcher de satisfaire un nombre considérable de lecteurs, peu disposés à prendre entière connaissance d'un ouvrage difficile à lire à cause de l'antiquité de son style, et qui, d'ailleurs, choquerait souvent par la hardiesse, l'impiété et l'obscénité des détails qu'il renferme, j'en tenterai l'analyse la moins incomplète qu'il soit possible de faire.

Dans cette espèce de drame fantastique et bouffon qui est censé se passer au temps même de Rabelais, on voit paraître deux êtres gigantesques, Grand-Gousier et Gargamelle, le roi et la reine d'une certaine utopie placée assez vaguement dans la Tourraine. De ce couple naît Gargantua, autre géant, sous le masque duquel on a cru reconnaître le roi de France Louis XII, et enfin de Gargantua Pantagruel personnification de François Ier, selon quelques-uns.

En indiquant ces explications, en donnant cette *clef* des personnages, je veux seulement avertir que l'on s'est efforcé de débrouiller une prétendue allégorie continuelle attribuée à Rabelais, car pour mon compte, outre que je n'y attache absolument aucune importance, je n'y crois pas. En composant son livre, Rabelais s'est comporté comme tous les romanciers satiriques; il a étudié les hommes, les actions et les choses de son temps, dont il a rassemblé et retenu les faits principaux dans son esprit, pour en composer ses peintures. Louis XII, François Ier, Charles-Quint et bien d'autres, ont sans doute pu lui fournir l'idée des caricatures qu'il se plaisait à dessiner, mais quant à affirmer, comme certaines gens l'ont fait, que Gargantua, Pantagruel et Picrochole représentent ces personnages historiques, c'est une proposition absurde.

Le premier livre, où l'on ne voit qu'apparaître Grand-Gousier et Gargamelle, est entièrement consacré à l'histoire de la naissance, de l'éducation et des voyages de Gargantua qui, à l'époque de son séjour à Paris, reçoit des lettres de son père par lesquelles il apprend comment Picrochole, le prétendu Charles-Quint, s'est emparé de la ville de Lerné sous un prétexte frivole. Cependant Gargantua ne tarde pas à revenir dans le royaume de son père, et là, tout son monde, animé par l'exemple et la valeur d'un certain moine nommé Jean-des-Entomures qui déjà a rossé les soldats de Picrochole à grands coups de bâton, dans les vignes de Lerné, recommence la guerre et chasse l'ennemi. Ce Jean-des-Entomures, l'une des créations les plus originales et les plus hardies de Rabelais, est présenté dans son roman comme un moine buveur, mangeur, blasphémateur, mais d'une bravoure à toute épreuve; une espèce de houzard en capuchon, qui n'a de confiance que dans la force brutale, et ne se propose autre chose dans la vie que de boire, manger, dormir et faire l'amour sans règle et sans fin. Autant par la gaieté de son esprit qu'à cause des services qu'il a rendus à la guerre, ce moine devient le favori de Gargantua qui, dans l'intention de le récompenser, lui concède le droit de bâtir et de fonder une abbaye à sa guise.

L'institution de ce nouvel ordre, la fondation de l'abbaye de Thélême (du bonheur), l'un des morceaux curieux et achevés de Rabelais, remplit les six derniers chapitres du Ier livre ; et, bien que dérogeant à ses habitudes notre écrivain n'emploie en cette

occasion aucune image, aucune expression qui puisse blesser la
délicatesse du lecteur, il ne laisse pas cependant d'y faire la satire
la plus forte des ordres religieux en général. Voici de quelle manière il s'exprime dans le 52e chapitre, intitulé : « *Comment Gargantua fit bâtir pour le moine l'abbaye de Thélème.* Après avoir
récompensé tous ceux qui l'avaient aidé dans la guerre contre Picrochole, « restoit seulement le moine à pourvoir ; lequel Gargantua vouloit faire abbé de Sevillé, mais il refusa. Il voulut lui donner
l'abbaye de Bourgueil ou de Saint-Florent (en Touraine) laquelle
mieux lui duiroit, ou toutes deux s'il les prenoit à gré. Mais le
moine lui fit réponse péremptoire, que de moines il ne vouloit
charge ni gouvernement. Car comment, dit-il, pourrois-je gouverner autrui, qui moi-même gouverner ne saurois. S'il vous
semble que je vous aye fait, et que je puisse faire à l'avenir ser-
vice agréable, octroyez-moi de fonder une abbaye à mon avis. La
demande plut à Gargantua, et il offrit tout son pays de Thélème,
près la rivière de Loire, à deux lieues de la forêt du Port-Huault.
Et requit à Gargantua qu'il instituât sa religion (son couvent), au
contraire de toutes autres.

« Premièrement donc, dit Gargantua, il n'y faudra bâtir mu-
railles autour, car toutes autres abbayes sont fièrement murées.
Voire (certainement), dit le moine, et non sans cause : où il y a
mur devant et derrière, il y a force murmure, envie et conspira-
tion muette....... Et parce qu'aux religions de ce monde, tout est
compassé, limité et réglé par heure, il fut décrété qu'en l'abbaye
de Thélème, il n'y auroit ni horloge ni cadran aucun ; mais que ,
selon les occasions et opportunités, toutes les œuvres seroient dis-
pensées. Car, disoit Gargantua , la plus vraie perte du temps est
de compter les heures. Quel bien en revient-il ? La plus grande
rêverie du monde est de se gouverner au son d'une cloche et non
au dicté du bon sens et de l'entendement. »
De ce principe il tire toutes les conséquences qui en dérivent
naturellement. Il veut que dans son abbaye on n'admette que de
belles filles et de beaux garçons, tous riches, spirituels et façonnés
aux manières du beau monde. Un immense bâtiment, dont Rabelais semble avoir emprunté la disposition tout à la fois aux thermes
des Romains et au château de Chambord , est destiné à recevoir
ces religieux d'une nouvelle espèce, et là tout ce qui peut servir à
exercer l'intelligence, l'esprit et le corps, se trouve rassemblé. Bibliothèques, pinacothèque, promenoirs, lieux de conversation,

chambres élégamment meublées pour les dames et pour les messieurs, chevaux, éperviers, équipages de chasse, etc., etc., tout se trouve dans cette abbaye, dont la règle se résume en ces paroles : FAIS CE QUE VOUDRAS.

Mais cet amour excessif de l'indépendance, opposé à la règle sévère des cloîtres, ne se borne pas là, et Rabelais finit par établir comme un des résultats de l'institution de l'abbaye de Thélème, le mariage. Après avoir dit que l'excellente éducation donnée aux femmes dans ce lieu, en fait des dames propres, mignonnes, doctes et habiles à l'aiguille, il ajoute : « Par cette raison, quand il arrive que aucun (un jeune homme) sorte de cette abbaye à la requête de ses parents ou pour toute autre cause, il emmène avec lui une des dames, celle qui l'aurait pris pour son dévôt (amant) et ils sont mariés ensemble. Et si bien avoient-ils vécu à Thélème en dévotion et amitié, encore continuoient-ils mieux en mariage. Autant s'entr'aimoient-ils à la fin de leurs jours comme le premier de leur noce. »

Malgré tous les soins que l'on a pris de prouver que Rabelais n'avait rien écrit qui sentît l'hérésie de Luther et de Calvin, il me semble difficile de ne pas reconnaître ici une apologie bien claire de certaines opinions des réformateurs sur les ordres religieux et le célibat des prêtres. Le lecteur en jugera.

Au second livre, Rabelais raconte l'origine du grand Pantagruel, donne sa généalogie, l'une de ses bouffonneries les plus impies; et après avoir parlé de l'éducation de son héros, il le conduit dans la ville de Paris. Là Pantagruel fait la rencontre de l'écolier limousin latinisant le français, et fréquente le palais de justice, où les parties, les avocats et les juges rivalisent d'obscurité en discutant une question qu'aucun d'eux ne comprend, pas plus que les auditeurs. Sans aucune précaution narrative, l'auteur engage Pantagruel dans une guerre avec les Dipsodes et les géants, dont il soumet le capitaine, nommé Loup-Garou. Cependant le héros poursuit ses conquêtes; il entre dans la ville des Amaurotes, et marie le roi Arnache, qu'il crée *crieur de Sauce-Verte.*

Ce 2e livre, dont la fable, comme on en peut juger, satisfait peu la raison, fourmille de détails pleins d'esprit et écrits avec une verve incroyable. Il se termine par un chapitre où, à propos de son ouvrage, l'auteur verse la satire et le mépris sur les moines, sujet auquel il revient sans cesse.

Mais ce qui donne un éclat particulier à cette partie du roman, c'est l'apparition du personnage de Panurge, que Rabelais seul faire bien connaître. Écoutons-le parler.

« Chapitre IX. *Comment Pantagruel trouve Panurge, qu'il aima toute sa vie.* — Un jour, Pantagruel, se promenant hors la ville, vers l'abbaye Saint-Antoine, devisant et philosophant avec ses gens et quelques écoliers, rencontra un homme beau de stature, et élégant en tous linéaments du corps, mais pitoyablement navré en divers lieux et tant mal en ordre, qu'il sembloit être échappé aux chiens, ou plutôt ressembloit à un cueilleur de pommes du pays du Perche. D'aussi loin que Pantagruel le vit, il dit aux assistants : Voyez-vous cet homme qui vient par le chemin de Charenton ? Par ma foi, il n'est pauvre que par fortune, car je vous assure qu'à sa physionomie la nature l'a produit de riche et noble lignée. Et dès qu'il fut en droit d'entre eux, Pantagruel lui demanda : « Mon ami, je vous prie qu'un peu veuillez ici vous arrêter et me répondre à ce que je vous demanderai ; vous ne vous en repentirez point, car j'ai affection très-grande de vous donner aide selon mon pouvoir, en la calamité où je vous vois. Vous me faites grand pitié. Pourtant, mon ami, dites-moi : qui êtes-vous? d'où venez-vous ? où allez-vous ? que demandez-vous ? »

C'est alors que Panurge répond successivement en douze langues différentes, auxquelles Pantagruel ni ses acolytes ne comprennent rien, et que le héros de Rabelais dit à l'aventurier, dont la figure l'a séduit : « Dieu, mon ami, ne savez-vous parler français ? — Si fait, très-bien, seigneur, répondit le compagnon, Dieu merci, c'est ma langue naturelle et maternelle, car je suis né et ai été nourri jeune au jardin de Touraine. — Donc, dit Pantagruel, racontez-nous quel est votre nom et d'où vous venez; car, par ma foi, je vous ai pris en amour si grand que si vous condescendez à mon vouloir, vous ne bougerez jamais de ma compagnie, et vous et moi ferons un nouveau pacte d'amitié telle que fut entre Énée et Achates.

« Seigneur, dit le compagnon, mon vrai et propre nom est Panurge; et à présent je viens de Turquie où je fus mené prisonnier, lorsqu'on alla à Matelin en la male heure (1502). Je vous raconterais volontiers mes fortunes qui sont plus merveilleuses que celles d'Ulysse, mais puisqu'il vous plaît me retenir avec vous, j'accepte volontiers l'offre, protestant jamais ne vous laisser,

(1) Le nom de Panurge est tiré du grec : *factotum*, qui se mêle de tout.

allassiez-vous à tous les diables. Nous aurons autre temps plus commode pour en raconter, car pour cette heure, j'ai nécessité bien urgente de repaître (manger); dents aiguës, ventre vide, gorge sèche, appétit strident, tout y est délibéré. Si vous voulez me mettre en œuvre, ce sera beaume (plaisir) que de me voir briber (avaler). Lors Pantagruel commanda qu'on le menât en son logis et qu'on lui apportât force vivres, ce qui fut fait; et Panurge mangea très-bien à ce soir et s'en alla coucher en chappon (de bonne heure), dormit jusqu'au lendemain heure de dîner, en sorte qu'il ne fit que trois pas et un saut du lit à table.»

Un peu plus loin, au chapitre XVI, Rabelais achève de faire connaître Panurge, par le portrait suivant, digne tout à la fois d'un excellent physionomiste et d'un parfait écrivain : «Panurge, dit-il, étoit de stature moyenne, ni trop grand ni trop petit. Il avoit le nez un peu aquilin, fait à manche de razoir, et pour lors étoit de l'âge de trente-cinq ans ou environ, fin à dorer comme une dague de plomb (1), bien galand homme de sa personne, sinon qu'il étoit quelque peu paillard et sujet de nature à une maladie qu'on appelait de son temps *faute d'argent;* c'est douleur non pareille. Toutes fois il avait soixante et trois manières d'en trouver toujours à son besoin, dont la plus honorable et la plus commune était par façon de larcin furtivement fait. Malfaisant, pipeur (trompeur), buveur, batteur de pavés, ribleur (filou) s'il en étoit à Paris, au demeurant le meilleur fils du monde, et toujours machinoit quelque chose contre les sergents et le guet.»

Après ces peintures, on croit avoir vu Panurge, on le connaît et il est facile d'imaginer le feu roulant de plaisanteries, de contes, d'obscénités, de calembourgs, de contrepeteries et de fanfaronnades que débite ce personnage tour à tour spirituel et ignoble, aventureux et poltron, dans le cours du roman de Rabelais; en effet il est intarissable.

Le choix de ce personnage devenant tout à coup et par l'effet d'un attrait instinctif, le compagnon, le favori, l'ami même d'un grand seigneur, dénote avec quelle pénétration d'esprit Rabelais avait sondé le cœur humain. Il faut bien dire aussi que, si la société de son temps lui avait fourni plus d'un modèle en ce genre, il en avait un toujours à sa portée en faisant un retour sur lui-même. Car, lorsqu'il était près des cardinaux Du Bellay et Odet de

(1) Disposé à prendre l'or comme une dague de plomb happe la dorure.

Châtillon, quand il égayait la société de MM. de Meillezais et de Mâcon, il avait dû s'apercevoir que ce qui attache le plus les grands aux inférieurs, c'est les ressources et l'enjouement de leur esprit, quelles que soient d'ailleurs leur moralité et la délicatesse de leurs sentiments. Pendant les xv⁰ et xvi⁰ siècles les actes de servilité complaisante et bouffonne, l'escroquerie même quand elle était assaisonnée de manœuvres et de paroles ingénieuses, poussaient les hommes dans le grand monde et les faisaient souvent arriver à la fortune et aux honneurs. C'est cette disposition particulière à la société de cette époque, et qui s'est maintenue par les talents des farceurs et des mystificateurs en France, jusqu'au commencement de notre siècle, que Rabelais a saisie fortement et qu'il a fait ressortir d'une manière admirable par la peinture de l'amitié que Pantagruel contracte envers Panurge. Pantagruel admire tout ce que dit et fait ce bouffon ; non seulement il tolère ses lâches impertinences, ses révoltantes grossièretés, mais il en rit, il en est heureux, il veut que tout le monde les approuve, et Panurge devient l'oracle de sa cour.

Du temps de Rabelais ce personnage filou, narquois, vantard et lâche, Panurge enfin était l'idéal perfectionné d'une espèce de gens dont le type se trouve dans quelques acteurs figurant dans les narrations de nos trouvères et de nos premiers écrivains de nouvelles. Je n'oserais décider si Rabelais a pris l'idée de son Panurge sur la nature même ou dans les *Cent Nouvelles nouvelles ;* mais il est évident qu'entre ce mauvais drôle et le filou courtisan Montbléru, qui vole des chemises à ses amis et se fait pardonner son crime par eux, il y a une analogie frappante. A toutes les époques il y a une espèce de jongleurs vicieux qui s'emparent de l'admiration des hautes classes de la société. Depuis Louis XI jusqu'à François Iᵉʳ c'était les filous spirituels ; sous LouisXV, c'était les roués.

Au surplus l'ensemble de ce deuxième livre de Pantagruel fait prendre une assez pauvre idée de l'élite du grand monde au xvᵉ siècle ; on l'y voit exclusivement occupé de science, de littérature, d'érudition et d'art, sans qu'aucun sentiment religieux ou même moral, fasse une diversion salutaire à ces orgueilleux efforts de l'intelligence. Avides de plaisirs pour satisfaire leurs sens, avides de connaissances pour calmer l'impatience de leur esprit, on voit les hommes de ce temps, sans aucune prévoyance et semblables à des enfants qui ont dérobé des pièces d'artifices, jouer avec sans penser même aux dangers auxquels ils s'exposent. Savants, érudits, courtisans , princes, rois et jusqu'aux hommes éminents de l'Église, tous semblent conspirer à l'envi par leur conduite, pour donner gain de cause à Luther et à Calvin.

Si comme je n'en doute pas, le Roman de Rabelais fut écrit exclusivement pour les hautes classes de la société française du XVIᵉ siècle, le *troisième livre* de *Pantagruel* donne une idée tout aussi peu avantageuse que les précédents de la moralité des lecteurs de cette époque. Panurge en est décidément le héros et, à l'occasion de ses projets de mariage, il est impossible d'entasser plus de plaisanteries mordantes sur une institution qui chez tous les peuples policés a servi de base à la société, que dans cette partie de l'ouvrage. A cet égard, Rabelais ne faisait que suivre l'exemple donné par les troubadours, les trouvères, les faiseurs de nouvelles, italiens et français, et si cela peut lui servir d'excuse, une femme très-spirituelle du sang royal, venait encore d'enchérir sur ces modèles (1). Mais la touche de Rabelais est si énergique et si incisive, son sarcasme est si âcre et son coup d'œil si pénétrant que ce qu'il dit sur un sujet porte coup à tort ou à raison. Rabelais avait un esprit de la nature de ceux qui saisissent nettement le défaut de chaque chose sans s'inquiéter jamais de l'avantage qu'elle présente. Il indique, il caractérise on ne peut mieux le mal, mais il ne propose jamais de remède. On a souvent dit de lui que c'est un grand philosophe; mais je lui refuse cette qualité parce qu'il n'a vu et fait ressortir que le mal, et qu'après avoir excité en nous un rire amer causé par le sel âcre de ses effrayantes plaisanteries, il nous abandonne impitoyablement à toute notre faiblesse, à tout notre désespoir. Est-ce réellement un philosophe celui qui, fixant toujours notre attention sur l'imperfection et les plaies de notre corps, de notre esprit et de notre âme, ne prononce jamais un mot qui rappelle les doux sentiments de l'amitié et de l'amour qui consolent l'humanité de toutes les incertitudes et de toutes les calamités même que l'on éprouve dans la vie? Quels sont donc ces philosophes, écrivains et lecteurs, qui ne savent rire que quand il est question des maladies les plus hideuses, que lorsqu'on les entretient de la vie des filoux, des voleurs, des blasphémateurs et des débauchés de la plus basse classe? Où trouve-t-on de la véritable

(1) Les *Nouvelles nouvelles* de la reine de Navarre, Marguerite de Valois, sœur de François Iᵉʳ.

philosophie dans un livre tel que celui de Rabelais, où l'on se plaît à ébranler toutes les bases sur lesquelles reposait alors la société, sans prendre la peine d'indiquer même vaguement, le principe vers lequel toute cette critique virulente tend à faire aller la société. Si spirituellement écrit que soit le projet de l'abbaye de Thélème, qu'y a-t-il de profitable à la société dans l'idée d'une communauté où des jeunes gens des deux sexes, occupés seulement de cultiver leur esprit et d'exercer leur corps, seraient ras-remblés dans un édifice propre à entretenir le goût du luxe en tous genres et où la règle suprême gravée sur les murs, serait : Faits ce que voudras ? Si les plus sages législateurs, considérés avec raison comme les plus grands philosophes, ont mérité ce nom par cela seul qu'ils ont senti le besoin d'assujettir l'homme au joug des lois religieuses, morales, et politiques, et de le priver de l'indépendance de sa volonté, pour donner à sa raison la liberté et la faculté d'agir, à quelle espèce bizarre de philosophes se rattachera donc Rabelais qui s'applique à démontrer l'impossibilité du mariage et qui, comme les Patarius des XIIIe et XIVe siècles et les Saint-Simoniens au nôtre, recommande presque la promiscuité des deux sexes ?

Rabelais n'est qu'un satirique qui, ainsi que tous les écrivains en ce genre, n'a vu qu'un côté des questions. Contrarié d'avoir été fait moine, frappé, non sans raison, de la vie oisive et scandaleuse des couvents, on conçoit qu'en haine de ces désordres il ait hyperboliquement proposé la fondation de l'abbaye de Thélème ; mais pour reconnaître dans cette fantaisie spirituelle, ainsi que dans les doutes que Panurge propose au sujet de son mariage, des vues profondes et surtout philosophiques, je ne le puis ; au contraire, je ne trouve dans ces parties de son livre qu'un jeu d'esprit qui a séduit l'auteur parce qu'il savait qu'en les faisant ressortir par la magie de son talent, il plairait à la société corrompue pour laquelle il n'a cessé d'écrire.

Dans tout ce qui se rapporte à la manière dont se rendait la justice et à Bridoye, dont Beaumarchais a mis le descendant Bridoison en scène, on retrouve ce même esprit satirique dont Rabelais était si largement pourvu et qui donne tant de piquant à tout ce qu'il dit. Rien n'est plus plaisant et plus vrai même que la peinture qu'il fait de l'obscurité jetée sur les causes ; que ce qu'il dit de l'indifférence et du peu de lumière des juges de ce temps ; mais il faut le répéter : Dans cette question comme à propos de toutes les autres, l'auteur satirique signale le défaut sans proposer aucune idée nouvelle pour le faire disparaître. C'est un physicien ou un anatomiste qui vous dit quelle est votre maladie, mais qui ne saurait vous guérir ; ce n'est pas un médecin, ce n'est pas un philosophe.

Quatrième livre. Le *Pantagruel* est évidemment un canevas sur lequel Rabelais a semé les broderies à mesure qu'elles lui venaient à l'idée et comme elles se présentaient à son imagination. On aurait tort de croire cependant que cette composition, dans ses parties même les plus déréglées, n'est pas soumise à un certain art qui consiste, comme le donne à entendre l'auteur lui-même dans ses préfaces et ses épilogues, à faire passer les opinions les plus hardies à la faveur d'une foule de plaisanteries, de quolibets et de scènes du meilleur comique, qui éblouissent, amusent et déroutent le lecteur. Le quatrième livre est peut-être celui où Rabelais a usé le plus souvent de cet artifice. Après avoir fait embarquer son héros pour aller visiter l'oracle de la dive Bacbuc (Bouteille), il raconte les principaux événements de ce voyage entrepris dans une contrée imaginaire. Panurge y joue un grand rôle, et son caractère aventureux et sournoisement malin, ainsi que sa poltronnerie, y sont développés avec une richesse de détails qui font oublier le défaut absolu d'ordre et de vraisemblance dans les événements. On aborde à l'île de Medamothi, on visite les Chicanoux, les îles de Tohu-Bohu, des Macraons, de Tapinois où régnait Quarême-Prenant, de Farouche, le pays des Andouilles, des Papimanes ; on rencontre les nations des Engastrimytes et des Gastrolatres, les îles de Caneph et de Ganabin, sans que le voyage soit beaucoup avancé après toutes ces découvertes. Mais les amateurs de vrai comique, de satires énergiques et mordantes, prendront un grand plaisir à lire l'histoire de Dindenaut vendant un mouton à Panurge qui fait noyer tout le troupeau. La poltronnerie de Panurge opposée au courage du frère Jean pendant la tempête, ne les récréera pas moins, et dans l'histoire des Papimanes et de Homenas leur évêque, ils trouveront une satire de la cour de Rome dont la publication au milieu du xviᵉ siècle, prouve à quel degré d'audace étaient arrivés ceux qui attaquaient le catholicisme tout en prétendant, comme Rabelais, qu'ils ne faisaient pas cause commune avec les hérétiques. Jamais Luther, dans ses plus vives attaques contre la cour de Rome, n'a parlé avec autant de liberté des papes et des *décrétales* que ne l'a fait Rabelais dans les chapitres 49-54 de son quatrième livre de *Pantagruel.* Évidemment il fallait que la plus grande partie du haut clergé de France fût en effet tombée dans une grande corruption, et que l'autre, plus saine, fût réduite au silence par les excès de l'ensemble du corps ecclésiastique en Europe, pour que Rabelais pût écrire et publier son livre sans qu'il lui arrivât malheur.

On a beaucoup disputé et l'on est encore incertain sur l'authenticité du v.ᵉ livre de *Pantagruel*. Les incrédules font valoir en faveur de leur opinion quelques anachronismes, certaines plaisanteries reproduites qui se trouvent déjà dans les quatre premiers livres, et, ce qui paraît plus concluant, la différence d'orthographe. Quoique je trouve dans cette dernière partie de l'ouvrage une verve d'expression digne de Rabelais, j'avoue cependant que la phraséologie ne m'en paroît pas aussi simple, aussi claire que dans les premiers livres. J'ai cru remarquer surtout une prétention d'érudit, un entassement de mots scientifiques et une recherche d'inversion dans les phrases qui paroissent indiquer la contrainte et l'apprêt d'un écrivain qui veut faire le pastiche des œuvres d'un autre. Quoi qu'il en soit, ce qui donne réellement lieu de douter que ce vᵉ livre est de Rabelais, c'est qu'il n'a été publié qu'après sa mort, et que personne de son temps n'en a jamais vu le manuscrit ni entendu la lecture. Au demeurant, la fable n'en est pas plus raisonnable que dans les parties qui précèdent ; les moines, les papes et les grands n'y sont pas plus ménagés, et tous les personnages du roman, à la tête desquels sont Pantagruel et Panurge, arrivent dans le pays des Lanternois, et jusqu'à l'oracle de la dive Bouteille, qui, ainsi que tous les oracles, ne se pique pas de parler clairement.

Dans le chapitre qui termine ce livre, l'auteur, quel qu'il soit, semble affecter de prendre un ton sérieux. Après un accès poétique qui entraîne tous les personnages admis dans le temple de *la dive Bouteille* à versifier, le pontife Bacbuc leur fait une allocution qui clot le livre : « Ici bas, leur dit-il, en ces régions circoncentrales, nous établissons le bien souverain, non en prendre et recevoir, mais en élargir et donner ; et nous réputons heureux, non si nous prenons et recevons beaucoup d'autrui, comme par aventure décrètent les sectes de votre monde, mais si à autrui toujours élargissons et donnons beaucoup. Seulement je vous prie de nous laisser par écrit vos noms et pays en ce rituel, etc. Cela fait, il nous emplit trois oires (petites outres) de l'eau fantastique, et en nous les baillant, dit : Allez, amis, en protection de cette sphère

intellectuelle, de laquelle en tous lieux est le centre et n'a en lieu
aucune circonférence (1), que nous apellons Dieu. Et retournés
en votre monde, portez en témoignage que, sous terre, sont les
grands trésors et choses admirables. »

Après avoir exposé toutes les richesses et les sciences dont le
principe et les éléments se trouvent dans l'intérieur du globe, le
prêtre ajoute, dans un style que je suis forcé de changer pour
rendre son idée clairement : « C'est pourquoi le dominateur souverain est nommé, en presque toutes les langues, par l'épithète
de Richesses (comme Ploutos en grec). Quand les hommes s'adon-
neront à la recherche du Dieu souverain, lequel jadis les Égyp-
tiens nommaient en leur langue l'abscons (le caché), il leur eslar-
gira (donnera) connoissance de soi et de ses créatures, pourvu
qu'ils ayent soin toutefois de se faire guider par de bonnes lan-
ternes (savants, philosophes, etc.). Car tous les philosophes et
sages antiques, pour parcourir sûrement et agréablement le chemin de la connoissance divine, et obtenir la sagesse, ont exprimé
deux choses nécessaires : guide de Dieu et compagnie d'hommes.
Zoroastre prit Arimaspes pour compagnon de ses voyages ; Escu-
lape, Mercure ; Orphée, Musée ; Pythagore, Aglaophême. Entre
les princes belliqueux, Hercule eut en ses plus difficiles entreprises Thésée pour ami ; Ulisse, Diomedes ; Énée, Achates. Vous
autres en avez autant fait, prenant pour guide votre illustre dame
Lanterne. Or, allez de par Dieu ; qu'il vous conduise (2) ! »

Telle est la conclusion du livre de *Pantagruel*, qui, malgré son
obscurité, laisse deviner cependant l'intention qu'a eue l'auteur de
donner pour fin des études et recherches de l'homme, les secrets de
la nature physique, et pour appui principal dans la vie, la raison.
évidemment, dans le morceau ci-dessus rapporté ; ainsi qu'aux
vingt-deuxième et vingt-troisième chapitres de ce cinquième livre,
où il est question des *Lanternois*, le mot *lanterne* remplace ceux
de science, de lumière, dans le sens où nous les prenons encore
aujourd'hui. Ainsi donc, que ce cinquième livre soit de Rabelais,
ou, comme je suis porté à le croire, d'un habile continuateur, son
objet particulier est de proposer pour but de la vie intellectuelle

(1) Cette pensée de Timée de Locres, citée par Platon et qui se trouve ici
dans le roman de Rabelais, a été reproduite par Pascal dans ses *Pensées*.

(2) J'engage ceux qui font une étude sérieuse de l'ancienne langue française à
lire ce morceau dans le texte. Aucun passage dans les quatre livres précédents,
n'est aussi tourmenté et aussi obscur que celui-ci. Rabelais est si clair et si pur !

la recherche de la philosophie purement expérimentale, ce qui, dans le temps où le livre a été composé, était un biais au moyen duquel on pouvait professer le matérialisme dans les cloîtres, dans les abbayes, chez les évêques, les cardinaux, même jusqu'à la cour, pourvu que l'on remplît ostensiblement les devoirs d'un catholique, et que l'on maudît et que l'on persécutât les hérétiques.

En somme, ce livre si spirituel prouve sans réplique que les hautes classes de la société française pour lesquelles il a été écrit et qui seules le lisaient, étaient presque entièrement corrompues.

Mais j'en reviens à ce siècle où les gens d'esprit étaient beaucoup moins rares que les hommes d'honneur et de conscience. La protection constante accordée à Rabelais et à ses ouvrages, par les cardinaux Dubellay et de Châtillon, par l'évêque de Maillezais, et sans doute par une foule d'autres ecclésiastiques de haut parage, est un fait des plus importants pour l'histoire des mœurs de cette époque. Il prouve qu'en France comme en Italie les membres du clergé catholique réellement influents dans les affaires temporelles de l'Église, ne s'opposaient aux efforts des réformateurs et des hérétiques que comme à une puissance politique envahissante et destructive de l'église matérielle, puisque, d'une autre part, non seulement ce haut clergé applaudissait aux efforts de la philosophie sceptique, mais caressait et protégeait les auteurs et les écrits attaquant la religion chrétienne et prêchant le matérialisme.

C'est au clergé qu'il faut s'en prendre des désordres et des scandales qui eurent lieu dans ce temps. Quant à Rabelais, on n'a aucun droit de lui faire un crime d'avoir versé le ridicule sur les prêtres, les moines, les cardinaux, les papes, et même sur les livres saints, lorsque les hommes admis dans les ordres, ou revêtus de dignités, se moquaient d'eux-mêmes, de leurs supérieurs, et de ces livres sacrés, en vertu desquels ils se rendaient impunément coupables à l'abri du respect que le public croyait devoir leur porter. Quel est celui d'entre nous, d'ailleurs, qui oserait affirmer que Rabelais fût hérétique, impie et matérialiste, quand le roi très-chrétien François I*er*, d'éternelle mémoire, a dit qu'il n'avait trouvé aucun *passage suspect* dans les trois premiers livres du roman de Rabelais ; lorsque le tant vertueux et béni des cieux roi, Henri II, son fils, a octroyé bénignement un privilége pour l'impression du quatrième livre, où la religion, la cour de Rome et le clergé en général sont bafoués avec une verve et dans des termes que l'auteur de *Pantagruel* a seul possédés et mis en œuvre ?

Bien loin d'être un philosophe , Rabelais n'était qu'un écrivain satirique, comme je l'ai déjà dit; aussi, nous montrant aussi indulgents que Paul III à son égard , lui donnerons-nous l'absolution ; mais ceux qu'il faut rendre responsables de sa conduite, ce sont les dignitaires de l'Église et les grands seigneurs , qui , lorsque Rabelais était jeune , lui ont fait quitter son couvent, et jeter le froc aux orties ; qui, par les séductions de toute espèce , l'ont rendu le bouffon indispensable des palais épiscopaux et des manoirs de hauts châtelains. Il faut accuser le pontife Clément VII lui-même , qui, en lui permettant de changer de couvent, a peut-être détruit dans l'esprit de cet homme toute idée de discipline , qui l'a enhardi au point de lui faire quitter de nouveau son couvent, son habit de prêtre , et d'aller apprendre et professer la médecine à Montpellier. Ceux qu'il faut accuser, ce sont les cardinaux Dubellay et de Mâcon, et monseigneur l'évêque de Maillezais qui, par leur influence, lui ont fait obtenir à Rome une bulle d'absolution pour apostasie du pape Paul III. C'est après l'indulgence excessive de ces hommes , qui n'avaient ni le droit ni le courage de se montrer sévères à l'égard des autres, que Rabelais rentra en France, déterminé à vivre et à écrire avec une licence plus audacieuse que jamais, et qu'il obtint une protection plus amicale de la part des grands que celle dont il avait déjà été l'objet. Enfin par l'influence toute puissante du cardinal Dubellay, il obtint des bénéfices ecclésiastiques, devint curé de Meudon, publia un an avant sa mort son quatrième livre de *Pentagruel,* et quitta ce monde, à ce que rapporte la tradition, en disant : « *Tirez les rideaux, la farce est jouée.* »

Évidemment François Rabelais, au lieu de dominer son siècle, a été l'esclave de ses préjugés, ce qui me force à lui refuser la qualité de philosophe. Il joua en France un rôle analogue à celui que remplissait dans le même temps en Italie, Louis Arioste. Tous deux firent de la vie une espèce de jeu, et s'inquiétèrent assez médiocrement de ce que serait l'avenir de l'humanité. Le caractère de ces deux hommes se distingue cependant par des couleurs extrêmement tranchées. L'Italien est doux, bienveillant ; il hait le mal, quoiqu'il n'ait ni le courage ni la force de le combattre, et à travers toutes ses remarques satiriques sur les désordres de son temps, il est facile de s'apercevoir qu'il tend à maintenir l'ordre établi dans la société, ne fût-ce que pour achever sa vie dans le calme et le repos. François Rabelais, au contraire, si l'on en juge au moins par ses écrits, est sans tendresse, sans entrailles. Il ne vante que la force, la santé et les plaisirs ; et dans sa gaieté énergique de vieux Gaulois, il semble dire à tout ce qui est faible et souffrant : *Væ victis !* Sa joie est humiliante, la gaieté de ses expressions inquiète, irrite; et l'exubérance de sa santé fait désagréablement sentir ce qui nous manque de force. Mais ces défauts ne sont rien en comparaison du plaisir qu'il semble prendre à ruiner et à détruire les lois, les institutions de toute espèce, établies avec tant de peine par les hommes. D'une perspicacité incroyable pour apercevoir leurs défauts, jamais il ne fait ressortir ce qu'elles ont d'avantageux, et surtout il se garde bien de chercher à y apporter la moindre amélioration. Il y a dans le caractère de Rabelais quelque chose de la nature du singe, qui détruit pour s'amuser et qui s'amuse du mal. Ses deux héros de prédilection, ceux à propos desquels il a déployé toutes les richesses de son imagination et de son style qu'il représente sans cesse avec complaisance au lecteur, c'est frère Jean des Entomures, moine spadassin, pillard, blasphémateur et licencieux, et enfin Panurge, escroc, courtisan, lâche et vantard. C'est hideux.

Mais, malgré la différence qui sépare Arioste et Rabelais, ils eurent une disposition d'esprit commune, celle de tourner tout en plaisanterie jusqu'aux choses les plus respectées de leur temps. Arioste l'a fait avec les formes gracieusement adoucies d'un homme naturellement plus délicat, et qui, d'ailleurs, avait été élevé chez un peuple façonné déjà par deux siècles de politesse, tandis que le Gaulois Rabelais cracha cyniquement au visage de l'idole tout en le mutilant ; mais, au fond, ces deux grands écrivains modernes ont travaillé à la même œuvre, en jetant les fondements de l'édifice que Voltaire devait agrandir et achever deux siècles après eux.

La portion de gloire, vraiment grande et pure, que s'est acquise Rabelais, il la doit à ses brillantes qualités de linguiste et d'écrivain. C'est lui qui a constitué la langue française et a su en faire un si bel usage ; qui, dans ses livres, a donné des exemples presque achevés de tous les modes de l'art d'écrire, à qui nul artifice du langage n'a été inconnu. Il a préparé le dialogue comique à Molière, le style de la narration à La Fontaine, et il s'est parfois élevé jusqu'au ton de nos plus grands orareurs; précurseur en presque tous les genres, il a su unir le langage technique à l'élocution purement littéraire, et a fait voir par ses compositions, comme Henri Étienne l'a démontré par le raisonnement, que l'idiome et l'esprit des populations de France, ont plus d'affinité avec ceux des Grecs, qu'avec la tournure de l'esprit et la langue des Latins. Rabelais enfin a été, chez nous, le fondateur de l'école gallo-grecque à laquelle se rattachent les Pascal, les La Fontaine, les Molière, les Fénelon et les Bossuet. Cette gloire est grande, et durera aussi longtemps que l'on fera usage de la langue française.

Quoique le roman de Rabelais mérite certainement toutes les critiques sévères que sa composition, son immoralité et son obscénité m'ont forcé de faire, il faut ajouter cependant que ces défauts mêmes, par leur monstruosité souvent révoltante, servent d'antidote à cet amer poison.

On doit donc considérer ce livre comme une œuvre d'art, comme un des monuments les plus précieux de notre littérature, en cela qu'il constate précisément l'époque à laquelle la langue française, dont les divers dialectes avaient été employés en Afrique, en Syrie, à Constantinople, en Angleterre et même dans quelques contrées de l'Allemagne, depuis le xie siècle jusqu'au xive, se replia, en quelque sorte, sur elle-même, pour rassembler ses éléments épars, les rendre homogènes et en tirer cette puissante unité dont elle a reçu tant d'éclat sous les règnes de Louis XIII et de Louis XIV et qui depuis, sans qu'elle augmentât sa pureté et son élégance, a encore étendu son empire sur tous les peuples du monde civilisé, par le mérite de la précision et de la lucidité, qui l'ont fait devenir l'interprète préféré du monde politique et des savants.